野老であるが志は千里

油井喜夫

本の泉社

野老であるが　志は千里■目次

第一部　野老であるが……

第二部　ハッキリさせておきたいこと

第三部　戦争、従軍慰安婦、核、原発

第四部　消えない記憶と光景

・年号は時代状況を分かりやすくするため西暦、元号のいずれかまたは併記した。
・数字は特別の場合を除き漢数字で統一した。十は一〇で表示した。註は著者の解釈で行った。
・氏名は実名、仮名を併用した。
・敬称は略した。
・参考文献は巻末に一括して掲げた。

第一部

野老であるが……

一話　目から始まった

誰にも避けられないとはいえ、加齢による肉体的衰えが私にも及んでいる。緑内障で二〇一四年一一月左目、一二月右目を手術した。二〇一六年八月、今度は白内障で両眼の手術となった。確実な視力低下である。自動車を運転できる状態ではなくなった。残念ながら二年前に免許証を返納した。

私は一九八六年より三〇年間、一日も欠かさずルーズリーフに日記を書いてきた。最近細い枠のなかには書けなくなった。見えないのである。ミミズの這ったような字だ。人には読めないだろう。日記は二〇一六年からパソコン入力にした。

朝方のまどろみのなかで考え込んでしまう。やがて読めなくなるし、書けなくなるだろう。『ルポ　三つの死亡日を持つ陸軍兵士』（本の泉社、二〇一四年）を出版したあと、本は出していない。

読めなくなるということは、書けなくなるということだ。そう思ったとき、結論は早かった。書こう。エッセイでもなんでもかまわない。とにかく書こう。

本は人に読んでもらうことができる。書くのは読むより大変だ。明らかに失明に向かっている。残り時間は多くない。書けるうちに書いておこう。心に決めた。

私の主な日課は読書、学習、書くことなどである。大好きな『資本論』の学習は一〇年あまり、一日一時間ほど続けてきた。

書き溜めたものはいくらかある。日課のうち、執筆時間をもう少し増やそうと思う。執筆といってもパソコン入力だ。幸いキーボードは黒に白字である。本のように白に黒字よりまだ見やすい。赤字は見えなくなっている。

この際述べておきたい。加齢による視力低下や、私のように目に疾患のある人はカラー文字の判読に苦労する。役所や病院や銀行は、赤字の印刷物が多い。高齢者を遠ざける原因になっているのではないか。せめて病院は気付いて欲しい。患者の負担や障害を軽くするのが病院の使命のはずだ。

人目を引き付けるための奇をてらったカラーの広告類、案内リーフレットほど見えにくいものはないことも付言しておく。エッと思うかもしれないが、視力障碍者や弱視者の実際だ。

私はパソコン入力の文字は一一ポイントを用いてきた。だが見えにくくなってしまった。そのため大きな一八ポイントに変更した。少しはいい。それでも薄く見える。

二話　歳を取ると……

歳をとると青壮年時代に考えもしなかったことが次々に起る。個人差があったにしても不可避的だ。

身体的または健康状態から見てみよう。先述したように、私は目の衰えから始まった。すでに両眼を二回手術した。眼科には欠かさず通院している。

パソコンの使用文字も記したとおりである。一一ポイントは六五六字だが、一八ポイントは二〇〇字に過ぎない。印刷すると吃驚するほど大きい。加齢とともに二〇ポイントを超えていくことになるだろう。近い将来、読書や文章書きが不可能になることも覚悟している。

私は、視力の急速な低下前までは「一日一冊」以上の目標で読書を続けてきた。短編なら数編読める。毎日のように図書館に行った。幸い近くにあり年間二〇〇冊〜三〇〇冊ほど借りた。しかし視力の衰えで読書速度は落ちた。歯ぎしりする思いである。見えるうちに全力あげて読んでおきたい。

次に足腰が衰えた。自覚したのは一〇年ほど前である。もともと腰痛があり、歩くことは怠りがちだった。足腰が弱ったのはそのためでもあった。かかり付けの医師からサジェスチョンを受けた。ウオーキングをやらないと次第に歩けなくなると言う。脅かされたと思ったが事実そうだった。歩くことをしなかった知人が歩けなくなってしまったのだ。

私は家のなかで午前と午後の家事や雑用のとき、歩いたり、足踏みしたりしながら行っている。通算二〇〜三〇分もかかる。外食の夜は歩いて帰る。合わせて一日一時間程度のウォーキングになる。

加齢は歩き方を遅くする。歩幅が狭くなり、余計遅くなる。後ろからどんどん追い越される。早く歩こうとすると、つまずきやすい。肩から転んで捻挫したこともある。なかなか治らなかった。

階段は大変だ。上るときより、下りるときの方が危険である。駅の階段は長い。転がり落ちて重傷を負う高齢者がいる。私は眼が衰えているので障碍者用の黄色やだいだい色の線や印に沿って歩くことにしている。

内科的にはどうか。いまのところ脳の検査を含めて目立った異常値は見られない。しかし少なからぬ友人・知人が健康を害している。脳梗塞で日常生活に支障をきたしている人もいる。

歳をとってからの身体的または健康状態を言えば、以上のようなものである。加齢がそれらをいっそう促進させるだろう。

衣食住の面から見てみよう。

一定年齢になればほとんどの人が定年などでリタイアする。私も一三年ほど前だった。リタイアすると身だしなみにこだわる必要が少なくなる。職業上の対人関係がなくなるからだ。背広もネクタイも新調しなくていい。リタイア後、購入したことは一度もない。現役時代のもので十分だからだ。だが次第にくたびれてくる。また同じものを着ていると思われていることだろう。爺臭さやむさ苦しさが加速度的に増していく。それも気にならなくなる。衣の面で歳をとるとはこのような風体を指すものと思う。ただ被服代がかからないことはいいことである。

食の面ではどうか。

ほとんどの人が淡泊な食物に変わっていくようだ。一九七〇年代〜八〇年代にかけ、石川島播磨重工業社長・経団連会長に土光敏夫という有名な人物がいた。「ミスター行革」と言われ、鈴木善幸首相や中曽根康弘首相のもとで第二次臨時行政審査会の会長にもなった。国鉄の分割・民営化、ＪＲの発足などニックネームどおりの辣腕を振るった。

食生活のことで土光敏夫が妻とともにメデアで喧伝されたことがある。

「土光さんは経団連の要職にありながら、ささやかな食事に徹している」

「目刺しや梅干を食べている」

「一般庶民より質素な生活だ。見習うべきだ」

記憶に残している人も多いと思う。そのころ土光敏夫は八〇歳をとうに越していた。歳を取れば若い時のように味の濃い食物より軽くあっさりした、胃に負担の少ない食事を好むようになる。ギラギラした脂肪たっぷりのステーキなど、そうそう胃が受け付けるものではない。目刺しやお新香、梅干が合ってくる。お茶漬けサーラサラがいい。高齢の土光敏夫が好んだのも当然だ。年寄りには誰にも分かっていることだった。

いま私の主食は野菜である。一日六〇〇グラムほど食べる。刻むとバケツに一杯近くになる。味付けの煮物にして食べる。量はグンと萎む。豆腐と納豆も欠かさない。野菜・豆腐・納豆は胃にやさしい。だから肉や魚を食べても負担が少ない。十分摂取するので動物性蛋白質は多い。野菜を主にすれば肉や魚も十分食べられるのだ。ご飯は副食代わりの少々である。

歳をとると酒量も減ってくる。少し飲んだだけで気分よくなる。若い時のようにつぶれるまで飲むことはない。飲酒における年寄りの肉体反応と言うべきかもしれない。

住はどうであろうか。

これもまた著しい変化である。核家族化の時代である。子供と生活していた時代と一変している。賑やかな家から静かな家に変わった。夫婦二人の会話は子供たちと同居していた時代と較べ極端に少ない。

高齢者の四人に一人は独居世帯である。死別に加え、昨今は離婚も増えている。私は妻に先立たれ、子供は別世帯を構えているので一人である。家は静かどころか、外出でもしなければ終日喋らないこともある。高齢社会になり、子供と一緒に暮らしていた時代より夫婦二人か、一人で生きる時代の方がはるかに長くなっている。

普段、頭を巡っていることは何か。歳をとると人生を振り返ることが多い。ハッと気付くと嫌だった出来事などを思い浮かべている。楽しかった思い出に浸っていることはほとんどないと言っていい。独居老人の一般的傾向のようだ。人生の時間の流れはどうだったのであろうか。過ぎ去ってみるとアッという間の感が強い。

二〇代の初めころ、七〇代～八〇代は途方もない未来に思えた。人生は洋々たる時間の運河で覆われていると思っていた。しかしアッという間に過ぎ去っていた。

死への恐怖はどうか。小学生のとき母方の祖父が亡くなった。初めて死の意味を自覚した。夜の寝床で考えるようになった。恐ろしくなって母親にしがみついたことが何度もある。青年期になっても死の恐怖はあった。

死の恐れは宗教と向き合う契機の一つであろう。それは「あの世」を信じたい宗教観に繋がる。

歳をとってからの死の恐怖はどうであろうか。個人差を認めるにしても薄れていく。私はまったくないとは言わないが、ほとんどないとは言える。高齢になるほど物事に対する達観度が昂じ、「枯れた」考えに到達して行くからであろう。

私は死後を「無」や「空」とは言わない。これらの言葉は哲学的、宗教的にすぎる概念だからだ。あえて言えば、英語の「Nothing」の方が少しはましかもしれない。それでも違和感がある。

私の恐怖は別にある。やはり視力の低下である。いま読むこと、書くことはかろうじてできている。肉体は長らえても先に失明する可能性がある。否、十分あり得る。失明者、弱視者は世界中に多数いる。驚くべき努力と忍耐力で生きている。その人たちを見るにつけ、尊敬し励ましを受けている。しかし、さらに高齢化してからの訓練は私に無理と思われる。被介護の必要性も高まる。

歳とった人の多くは何らかの趣味を見出している。夫婦健在なら気分は独居の人より紛れるだろう。趣味なしの一人では精神的にももたない。

私は有限の視力の持ち主として読み、書き、それに一日一時間の『資本論』学習を日課にしている。その時間は余分なことから幾分解放される。楽しく、面白く、充実した時間帯が流れている。

三話　独居者の日常の一端

私は典型的な独居老人の一人である。六五歳以上の高齢者人口三三三四万人中、実に四分の一強が一人住まいというから大変な数である（二〇一五年の人口比率二六・七%）。

娘夫婦と孫三人は隣市に住んでいる。娘と会うのは月一度くらいだ。既述のとおり、視力低下のため運転免許証を返納したので眼科などへ行かなければならないときに頼む。子育てや仕事を持っているから度々というわけにはいかない。

孫は中学生の女の子と小学生の男の子、女の子だ。会うたびに大きくなっている。肉体的にも精神的にもよく成長している姿が分かって興味深い。娘婿にも時々会う。仕事が忙しいうえに、義理の親だからお互い気を遣う。

独居老人のなかでは恵まれている方ではないだろうか。娘夫婦と孫が近くにいるからだ。子や孫が遠方にいれば、そうもいかない。配偶者や子供に先立たれたり、非妻帯を通したりする人もいる。近親者がいない人もいる。このような人に比べれば私はかなり恵まれているのではないだろうか。

独居老人は日常生活の諸事・雑多をすべてやらなければならない。食事、洗い物、ゴミ出し、買い物、風呂……等々、何から何までである。

月に三回ほど一日二時間、シルバー人材センターから掃除、洗濯にきてもらう。私はこの点でも恵まれている。費用も安い。野菜の煮物も作ってくれる。有難いかぎりだ。しかし恵まれているとはいえ、一人であることに変わりはない。

私は四時前後に起床する。前日と朝のテレビを早送りのビデオで見たあと、食事や休憩を除き、一七時三〇分まで読書・学習・執筆などの日課をこなす。読書と執筆のときは録画したＮＨＫの「クラシック音楽館」や「ららららクラシック」などを流している。音楽は頭をスッキリさせる。夜は適度のアルコールを含むリラック・スタイムである。日曜日と水曜日の午後はリラックス・デーとし、好きなことをやっている。楽しい時間帯だ。以上が特別の予定がない場合の私の日常生活である。

家で近親者と生活している人には分かりにくいことがある。先にも述べたように、独居者は過去の負の思い出などを脈絡なく振り返る。家に生活上で係る人がおらず、アレコレ語り合う機会がないからだ。ついそこに行ってしまう。私もその類の一人である。

執筆しているとき、読書しているとき、学習しているとき、あるいはウォーキングのときもそうである。むろん何かに熱中しているときは別である。私の場合、執筆に熱中しているとき、そこから幾分解放される。

四話　一日一時間の『資本論』学習

私は一〇数年前にリタイアした。妻を亡くし気力を失ったからだ。三〇代半ばから三〇年以上続けた職業だった。妻を失い残りの人生が見えてしまった感じだった。折角この世に生まれたのだ、一つのことで終わったのではつまらない、そんな思いがどんどん強まっていった。

私は若い頃から本を読まないと落ち着かない性格だった。文章も書くようにしていた。リタイアし、それらに打ち込めば、少しは悲しみも紛れるかもしれない、という思いもあった。

人はまだ十分仕事ができるのだから「やめることはない」と言ってくれたが、サッサと身を引いた。みな吃驚していた。

リタイアすると早朝から夕方までの日課を立てた。読書・学習・徒然記である。読書は主として文学作品、学習は様々だ。徒然記は兼好法師の『徒然草』にちなんでつけた私独自の用語だ。「書くこと」である。以後テーマを決め、何冊か本も出版した。エッセイのストックもある。

毎日やるのが『資本論』学習だ。長い時間ではない。特別の用件でもないかぎり毎日やる。ただし一時間である。もっとも『資本論』を学習していると楽しく、かつ面白いのでいつの間にか二、三時間以上もかけてしまうことがある。読書や他の学習や徒然記に差し障るので一時間で終わるよう心がけている。

私は三〇代初頭までの一〇数年、労働運動や青年運動に携わってきた。しかし、ある事情で退転しなければならなくなった。人生航路からすれば不本意な終わり方だった。

労働運動や青年運動に励んでいるころ、何度となく『資本論』の学習計画を立てた。しかし、ことごとく計画倒れに終わった。朝から深夜までの活動で『資本論』の学習など叶うものではなかった。やろうと思えば活動をそこそこに切り上げるしかなかった。時間刻みの活動のため許されるはずもなかった。

ところが予想もしない労働運動・青年運動からの退転で『資本論』学習の時間的機会が巡ってきたのである。一回目は三〇代半ばからだった。

その後、四〇代に二回目、五〇代に三回目。ほぼ一〇年に一回のインターバルとなった。

最初の『資本論』学習は鮮烈な記憶になっている。鮮烈とはチンプンカンプンという意味である。さっぱり分からないのだ。一ページ進むのに一時間以上かかったこともしばしばだった。時間だけが費やされたのだ。結局、三年ほどかかってしまった。

その頃のことをよく思い出す。何故もっとやさしく書いてくれないのか、マルクスに「抗議」したい気分だった。一回目の感想である。

四〇代の二回目は少し分かるようになった。五〇代の三回目はある程度理解できるようになり、時間も短くなった。前に引いた傍線の跡を追えばいい。後々の学習に大いに役立った。

仕事からのリタイアで始まった六〇代の『資本論』はさすがに違うものとなった。一日一時間と言っても一〇数年も続けると文字が行の先から飛び込んでくる。読むほどに早くなる。『第三部』が終了すればすぐ『第一部』に戻る。一〇数年で数えきれないほど読むことができた。そのたびに新たな知識を得た。それがまた喜びになる。マルクスは何と偉大で、生きた経済学を現代に伝えてくれるのか、という感懐が全身を巡る。

一回目の三〇代のチンプンカンプンだった時代を思い返すと異次元の世界のように想える。しかし、こうした時期があったからこそマルクスの学説に接近できたのであろう。当初の「抗議」したい思いから、今日では「感謝」の気持ちに一変している。

マルクスの『資本論』の学説は搾取論である。その核心は剰余価値論だ。マルクスの剰余価値学説は完璧である。アダム・スミスらの古典派経済学を徹底的かつ批判的・継承的に研究するなかで到達した結論だった。故に副題は「経済学批判」である。アダム・スミスの『国富論』から約一〇〇年後のことであった。『資本論』はアダム・スミスなしには生まれ得なかった。アダム・スミスもまた偉大である。

マルクスの学説に従えば、現代のグローバル国家独占資本主義・多国籍企業の諸現象も容易に解明できる。「過剰生産」然り、「過剰資本」然り、「過剰投資」然り、「架空投資」然り、「架空需要」もまた然りである。現代経済の諸矛盾を読み解くバイブルと言って何ら差支えないだろう。

以下『資本論』学習の私のつたない経験を述べておきたい。

『資本論』は三部で構成されているが、「第一部」の学習が特に重要であると考える。初心者は特にそうだと思う。「第一章　商品」、「第二章　交換過程」、「第三章　貨幣または商品流通」を繰り返し読むべきだろう。「価値形態」という難しい項目もあるが分からなければ飛ばせばいい。

第一章から第三章を大掴みできればあとはかなり読みやすくなる。第四章以降の「貨幣の資本への転化」、「労働過程と価値増殖過程」、「相対的、絶対的剰余価値の生産」などへ続くが、第一章から第三章をしっかり学べば、私がかつて苦労し「マルクスに「抗議」したくなるような気分にはならないだろう。

先に進むことに拘らず、できたら「第二部に移る前にもう一度第一部を学習したらどうだろうか。『資本論』を全体として理解するうえで私の経験上、第一部の学習が何といっても重要であると考える。第一部の理解の度合いが深まれば、第二部そしてエンゲルスが九年もかけて編集した難しい『第三部』に臨むこともできるのではないだろうか。

『資本論』の草稿は八つある。以前、私は第一部から書き出したものと思っていた。そうではなかったのである。第三部を書き、次に第二部書いたという。第三部、第二部の理論展開のためにも、その前提として第一部が必要だったのだ。だからこそ第一部の学習が強く求められるわけである。

第一部はマルクスの手による完全原稿である。成稿後すぐ発刊された。一八六七年、マルクス四九歳のときだった。後世、『バイブル』に次ぐ発刊部数となった歴史的名著も初版はわずか一〇〇〇部だったという。

「第二部　資本の生産過程」、「第三部　資本主義的生産の総過程」は事情が違っていた。マルクスの執筆であることに違いはないが、成案化した原稿ではなかった。一部を除き、多くがメモ書きや、走り書きや、順序も乱雑だったという。それを大苦労して再構成したのがマルクスの最大の盟友、フリードリッヒ・エンゲルだった。

エンゲルスはマルクス死後の二年後・一八八五年に第二部を、第三部は第二部の出版から九年後の一八九四年のことだった。エンゲルスは翌年ガンで亡くなっている。マルクス死後一二年間、エンゲルスは第二部、第三部の発刊に全生涯をかけたのだ。精も根も使い果たしたのではないだろうか。エンゲルスなくして第二部、第三部は生まれなかったと考える。

幸田露伴の名作に『五重塔』がある。荒れ狂う暴風雨をものともしなかった五重塔に、「江都の住人十兵衛之を造り川越の源太郎之を成す」と記せられた。

歴史的大書『資本論』を『五重塔』に擬えるつもりは毛頭ない。しかし何故か『五重塔』の文言がよぎったのである。

私の思いはエンゲルスに対する最大限の尊敬と驚嘆である。批判を恐れずに述べるとすれば、第二部と第三部はマルクスとエンゲルスの共著ではないかとさえ思えてくるのである。

「マルクスこれを造り、エンゲルス之を成す」

社会科学を学ぶ者にマルクスとエンゲルスの盟友関係を知らない人はいない。二〇代初めに出会った二人は素っ気なく別れたという。ところがエンゲルスの名著・『国民経済学批判大綱』という論文を読んだマルクスはエンゲルスの学識に共鳴・驚愕したのである。哲学・歴史学者で評論家だったマルクスが経済学に本格的に転じたのはこの時からという。

以来二九歳のマルクス、二七歳のエンゲルスの『共産党宣言』、後の『ドイツ・イデオロギー』の共書など、二人はプロレタリアート解放のための共同の事業に精力を注いだ。『資本論』の剰余価値論、『ドイツ・イデオロギー』の史的唯物論はマルクスの二大発見と言われる所以である。

マルクスがイギリスへ亡命した困難な時期を含め、エンゲルスは一貫して経済的支援を続けた。マルクスは自らも生活費を得るためアメリカの「ヘラルド・トリュビーン」紙に寄稿していた。

エンゲルスは一八六四年を除き、一八六〇年から一八六八年の間だけでも毎年一三九ポンドから九〇七ポンドも贈った。当時、一〇〇ポンドあれば一家が一年間生活できたという。マルクスが『資本論』をはじめ、各種の研究に没頭できたのもエンゲルスの変わらぬ励ましがあったからである。

一八六四年に金銭支援がないのは他から遺産を譲り受けたことによる。

『資本論』第一部の冒頭に次の記述がある。

「忘れがたき友　勇敢、誠実、高潔なプロレタリアートの前衛戦士ヴィルヘルム・ヴォル

フ　一八〇九年六月二一日、ダルナウに生まれ　一八六四年五月九日、亡命のうちにマンチェスターに死す　にささぐ」

ヴィルヘルム・ヴォルフは一八六四年死亡すると全遺産をマルクスに譲った。八〇〇ポンドだったと言われる。彼はマルクスの困窮な時代から深い親交関係にあった。マルクスは感謝と尊敬の念を込めて『資本論』第一部の冒頭に掲げたのだ。当時ヨーロッパにはマルクスを信奉する多くの革命家・社会運動家がいた。

しかしマルクスとエンゲルスの関係は別格と言えよう。これほど固い絆で結ばれた同志・親友がどれほど存在したであろうか。浅薄な言い方だが、羨ましい限りである。

終わりに気付いたことを二つ書いておこう。一つはマルクスの死後発見されたメモである。アドルフ・ワーグナーという経済学者がいた。彼は『経済学教科書』と称する著作のなかで「マルクスは社会主義大綱の礎石を作った」と書いた。これに対しマルクスは「私は社会主義大綱を打ち出したことは一度もない」とするメモを残していた。ここに古典派経済学批判の先導者であったマルクスの面目躍如たるものが伺える。

もう一つは、マルクスやエンゲルスは一九世紀に世界史に登場した。それほど昔の人ではない。

誰でも父方、母方に祖父母がいる。私の祖父母四人のうち三人はマルクスの活躍していた時代に少年・少女期にあり、エンゲルスの死亡時は青年期であった。あとの一人は少女だった。そう思うと二人がいっそう身近に感じられる。そんなとき、未来社会は資本主義的生産様式から新しい社会的共同的生産様式の形態に移行するだろう、というマルクス・エンゲルスの示す科学的社会主義の理論が胸にスッと落ちてくるのである。

二〇一七年は『資本論』第一部が発刊されて一五〇年になる。資本主義の行き詰まりは多くの人の指摘するところだ。イギリスのＥＵ離脱、トランプの登場にも示されている。それはその上部構造の揺らぎでもある。

『資本論』の予言は今世紀中に実現する方向で進むであろう。

五話　生活観、人生観の変化

加齢と視力の面から生活観、人生観の変化を考えてみたい。

一つは面倒・億劫についてである。独り身のため、夕食は、比較的外食が多かった。近ごろ出かけるのが面倒・億劫な日がある。近くのスーパーで見繕い、家ですますこともしばしばだ。まわりを気にしなくてもいいから、家での食事は気楽でいい。アルコールも大勢で賑やかに飲むより、一人静かに嗜んだ方が味わい深くなってきた。歳からくるものであろう。

小さな物を落としてもなかなか見つけられないことが多くなった。差し歯を落とすと変形だからどこに転がったか分からない。困りはてたこともあった。ウォーキングで転ぶこともある。免許証を返納したので遠いところはタクシーで行くことになる。しかし代金はかなりの額だ。億劫になるのも無理はないと思う。

いずれも加齢や目の衰えからきている。生活実態や生活感の変化のもとになっている。ここに面倒、億劫の主な原因がある。

加齢からくる変化はもう一つある。人生観だ。人間の交友・交際関係を考えてみよう。大きくは二つに分類できるのではないだろうか。「広く、浅く付き合う人」と「狭く、深く付き合う人」に代表される。

「広く、浅く付き合う人」は同志的結合が少ないようだ。だから「仲違い」する余地は少なくなる。比較的穏やかな人間関係を営むことができる。この種の人の利点であろう。し

かし、いわゆる親友は少ないと思われる

「狭く、深く付き合う人」はどうであろうか。この種の人は思想的、政治的、宗教的結合が強い。同志的関係や組織的結合関係にあると言ってよい。指令的上部組織が存在する場合もあろう。互いに肝胆相照らす仲になる。強い信頼の絆で結ばれる。この種の人の利点であろう。ただ見解が相違した場合、あるいは裏切られたと判断した場合、人間関係は破綻する。年齢とは関係がない。相手にその気がないにもかかわらず、深く付き合うことのできる相手と思い違いしている場合もあるようだ。

この種の人が陥る危険性をもう一点挙げてみたい。相手方に対する、支配欲や私物化が生ずることである。気が付かないことが多い。度を超すと人間関係の破綻に陥る。

最後に論じたいのは加齢とともに「狭く、深く付き合う」関係の稀薄化の問題である。人生観の変化と言える。加齢は考え方や事物を拘らなくさせる。

長期に顔を見たことがない、電話で話し合うこともなくなった。ところが、それも次第に気にならなくなる。「狭く、深く付き合う」関係の忘却性の進行である。人生観における「枯れ」であろう。

それは人生観の哲学的な淡泊化である。

六話　年賀状と人間関係

年賀状を見ながら考えることがある。私はリタイアする前、七〇〇通前後出していた。いまは二〇〇通ほどである。ほぼ同数近く貰う。

年々歯が欠けるように寄越さなくなる人がいる。七〇歳以上の人に多い。病気や身体が弱ったわけではないようだ。個人差はあるにせよ、加齢とともに面倒になったり、賀状を出す必要性を感じなくなったりする場合が多くなったと思われる。

数年前、ある人から丁寧な葉書を頂いた。「高齢のため年賀状は遠慮する」、としたためてあった。この人は八〇歳前後だったと思う。喪中の挨拶を除き、あらかじめ賀状の断り書を貰ったのは初めてだった。ずいぶん親しくした人である。これまでの親交を謝し、手紙を送り返した。

通り一遍の年頭の挨拶賀状が多い。近年、家族写真も増えてきた。注目するのは自己の思いや、信条や、決意や、社会事象に触れた賀状である。手書きはもちろん、パソコン印刷でも嬉しい。これらの賀状は保存している。

私の賀状は、私自身が前年に行った主なことを月別に箇記し、近況を伝えたものである。だから文面は長く、字も小さい。葉書サイズでは最も字数の多い賀状に属するだろう。

もう一つ気付いたことがある。律儀に毎年一日に寄越す人。こちらで出せば寄越す人。出しても寄越さない人。長年寄越していたが、来なくなってしまった人などもいる。

先述の人のように「高齢」を理由に賀状を遠慮する、と伝えてくれる人はめったにいない。

いつの間にか来なくなった人は以後、連絡の途絶えることが多い。

思うにこれは老齢からくる一つの到達観ではないだろうか。有限の人生を見つめながら、交友すべき人物の選択を行なっているのかもしれない。加齢とともに次第に「枯れた」発想に至っていく。決して孤独や寂しさから生じた結果ではではない。人間関係の人生感的変化と思われる。それが自然の流れと言うべきだろう。

若さ溢れる頃や、働き盛りの時代には友達を失わないように心がけた。しかし加齢で価値観や人間感の変化が進行する。人間関係を維持する必要性や痛切性も薄らいでいく。交友者が亡くなる場合も多くなる。

友達の数はいやでも減っていく。その数が多くなるほど逆に出す賀状は減る。それを寂しいこととは思わなくなってくる。

加齢よる対人関係の哲学的「枯れ」である。交友関係の自己選択が促進される。懐かしい時代の意識感覚もやはり枯れてくるのだ。

私にはそう思えてならない。年賀状を見ながら考えたことである。

七話　加齢が教える

三つほど記しておきたい。

一つは、ちょっとしたことで自分の思いどおりにならないと大声で憤る老人性の短気についてである。店舗や道路などで見かけるという。

翻って私にもないわけではない。感情のたかまりを抑えてはいるが、相手方の言動につい腹が立つことがある。いわゆる苛立ちだ。

加齢とともに人間は円くなり、穏やかになるというが、すべてそうとは限らないだろう。孤立・孤独感や老齢であるが故に軽んじられたり、無視されたりすることが時折あるからだ。この風潮は老人の尊重・尊敬される社会とは無縁である。短気を起こすのは自分がバカにされたと感じた時に生ずる。

憤りは自己発露の簡単な解決方法かもしれない。しかし、だからといって気分がスッキリするわけではないと思われる。自己嫌悪的に後々まで残るのではないだろうか。

私はできるだけ次の言葉を多用するよう心がけている。

「ありがとう」

「すみません」

「お世話になります」

「ご迷惑をおかけします」

二つ目は加齢による過去の振り返りの増幅である。これまで述べてきたことでもある。

過日、妻の一三回忌を執り行った。悲しみは亡くなった当時と変わらない。女性の平均寿命は年々伸び、いまや八七歳という。元気な日々を送っていたに違いない。

加齢は妻への思いをいっそう強くする。愛称の「かー子」が口をついて出る。そして、「チクショウ」などと叫ぶ。妻に対する自己のいたらなさ、思いやりや目配りの欠如を責める嫌悪と懺悔の言葉だ。

私は一人住まいである。高齢化、核家族化で独居老人は年々増えている。孤独死も少なくない。一人でいると一言も喋らない日もある。いきおい過去の記憶や出来事に思いを巡らす。家族との会話・くつろぎの「時」があれば、事情は異なる。その時間空間は、それらから免れることができるだろう。独居者と、複数家族のいる人との違いである。

回想や過去へのこだわりは、孤独な環境が背景をなしていると思う。問題はそれらの中味である。

良い思い出なら救われる。しかし多くは逆である。嫌な出来事や思い出が噴出してくる。読書中や学習中でさえ間々起こる。独居老人の特徴のようだ。

三つ目は歳を重ねるにつれ次第に気付いたり、見えてきたりすることである。本書のテーマと言っていい。

ウイーン生まれの精神医学者にアルフレッド・アドラーがいる。人間の悩みや迷いの最たるものは人間関係、対人関係にあると言う。

私も以前から人間関係、対人関係が実際にはどうであったのか、考えるようになっていた。それが加齢とともに気付きだし、見えはじめてきたのである。若い頃の人間関係や交友関係の深浅の度合いは、自己の一方的な認識から生じるものであることが分かったのだ。歳をとって初めて到達し得た結論だった。加齢による知恵と言うべきであろう。

なぜ気付かなかったのか、なぜ見えなかったのか、遅きに失したと自虐する思いである。最後に自己確認しておきたいことがある。虚言を弄し、長年欺き続けてきた人、背信的行為者との人間関係を遮断することは当然承認されるべきものと考える。

八話　私の菩提寺と晩年の小泉八雲

「田毎の月」は水田ごとに映る月の灯りのことである。長野県千曲市にある姨捨《おばすて》の四十八枚田は「田毎の月」として知られている。だが明治の頃はよく見かけた光景だった。

焼津市にある教念寺は私の家の菩提寺である。いまは寺の前後左右は民家などで建て込み、田圃はない。迷路のような所さえある。

ところが昔は教念寺から二キロほどある海岸の浜通りまで何もなく、田圃風景が広がっていたという。

田植直前の田圃は一帯を湖沼のような景観に変える。不揃いな畦が田圃を変形に区切る。暗天に月が昇ると、少しばかり高い位置にある寺から浜通りに向け、田毎に何百、何十もの月影がデモンストレーションを演じた。一陣の風が吹き抜けると「田毎の月」は無数に砕け、金波のように揺れ、また元に戻る。

三々五々、どこからともなく集まった人々が佇みながら風物詩を愛でていた。

小泉八雲は晩年、こよなく焼津を愛した。一八九七年から亡くなる前年の六年間、夏の焼津に欠かさず長期逗留した。想うに、八雲は夏だけに見ることできる、月と夜光虫と灯篭の「灯り」に魅せられたからではないだろうか。

八雲は五四歳で没した。若かったと思うのが普通かもしれない。しかし明治時代の平均寿命は五〇歳そこそこだった。童謡に「村のはずれの船頭さんは、今年六〇のおじいさん……」という唄がある。五〇代は十分高齢期にあったのだ。いま男の平均寿命は八〇歳である。平均寿命で八雲はいまのそれよりずっと長生きしたことになる。高齢者・小泉八雲である。

灯り（その一）

教念寺は八雲の散歩コースにあり、始終訪れていた。明治時代の寺務を担った先々代の住職夫婦とは隔たりのない顔なじみだった。寺内には、そのことを刻した八雲の碑もある。

小泉八雲が寺の住職や、その伴侶から「田毎の月」の灯りを聞いたとき、想像し難いものがあった。しかし間もなく合点した。「田毎の月」は、日本の農耕・農業文化に付随する独特のものなのだ、西洋にはない勝景に違いないと確信した。

「来年は田毎の月灯りを眺めよう」

八雲は心に決めた。

八雲はいつものように教念寺に立ち寄り、本堂入口の上がり段に腰掛け一服した。住職らとの語らいのあと、浜通りの投宿先・山口乙吉に促されて草むす田圃の小道をゆっくり歩んだ。近隣の神社も蝉時雨に包まれていた。

私もまた、八雲が一二〇年前に腰かけた本堂入口の上り段に座る。同じ所である。何度腰を下ろしたことだろうか、数えようもない。八雲の尻の温もりが伝ってくるようだ。八雲は高齢者だった。私も高齢者である。相交わる歳を共有している。

灯り（その二）

焼津の八雲は昼間だけでなく、月明かりの夜は好んで泳いだ。海と月を慈しんでいたからである。

八雲はギリシャで生まれ、アイルランド、アメリカ、メキシコ湾の島、西インド諸島などを転々とし、やがて極東の小国・日本に落ち着いた。八雲の足跡の地はどこも海で繋がっていた。世界人の八雲にとって、海さえあれば国境や国籍はあまりこだわりのないものだった。

燦燦《さんさん》たる浜辺の陽光のもと、じっと見据える目の先は伊豆の山々から、やがて生まれ故郷のギリシャのイオニア海に移っていった。

月が天心に向かうとき、伊豆の国から焼津の海岸に金色の帯が走る。今宵も至福の時間が駿河の海に流れる。静かに鼓動が高まり出した。焼津の月光も父の国・アイルランドをあます所なく照らしていることだろう。ふっと笑みが浮かんだ。

夜陰の波間にキラキラ乱舞する夜光虫の灯りが輝きだした。割れたかと思うと跳ね返って広がる。夜光虫の美しい乱舞に魅了されたのも焼津だった。八雲は磯を駆け抜け、その群れに飛び込んだ。

八雲は想う。生地イオニア海の島々も海で繋がる夜光虫で彩られていることだろう。夜光虫もまた世界の一つを構成している。八雲は恍惚として見つめ続けた。

灯り（その三）

盆の夜にしめやかに行われる精霊送りの灯籠流しも格別だった。日本のどこにもある盆供養の慣わしだ。肉体を離れた死者の霊魂を灯篭に乗せて黄泉《よみ》の国に送る儀式だ。日本に来て初めて知ったことだった。

精霊崇拝は本来アニミズムに属する。八雲はキリスト教にも慰め主の意味を持つ「聖霊」という言葉のあることを思い出していた。

数え切れない灯篭が蝋燭《ろうそく》の火を灯しながら、夜の海を音もなく遠ざかる光景はまことに厳かだ。来年の盆まで霊としばしの別れである。日本人の祖先への敬慕の情に深く胸を打たれるのが常だった。

八雲がようやく物心のついた頃、両親は離縁した。世界を旅する波乱の人生はそのとき始まったのかもしれない。幼くして大伯母に引き取られた。しかし両親を恨んだことはなかった。脳裏の奥にいつも父や母がいた。

海を見つめるとき、祈りのなかに八雲は母の国・ギリシャや、父の国・アイルランドを想った。遠ざかる精霊送りの灯篭が一瞬鋭く輝いた。そのとき八雲の追憶と回想が始まっていた。小泉八雲からラフカディオ・ハーンに変身していた。

母が現れた。母も海が好きだった。生まれ故郷・イオニア海のレフカダ島はまばゆいばかりの白い建物とエメラルドの海に囲まれていた。磯辺香る波打ち際で手を引いたのはいつも母だった。その温もりを永遠に忘れない。

父が現れた。父も海が好きだった。八雲に泳ぎを教えたのは軍医の父だった。父はインドから帰国途中、船上で死んだ。八雲は死地に海を選んだ父を認めていた。

月影が父と母に重なった。波音と夜光虫と灯篭の灯りもそれに加わった。

高齢者・八雲の無心の追憶と回想が続いていた。

第二部

ハッキリさせておきたいこと

一話　垂直的論理と水平的論理

人間関係において価値観を共有する場合とそうでない場合の関連性について考察してみたい。

同じ宗派的、宗教的組織に所属する場合、各人は思想・理念・教条・信念・発想方法などを共有している。組織の垂直的論理が働いているからだ。同一性と言っていい。互いの関係に緊張感を持つ意識は低下する。交際は同一垂直制下にある人の方が、そうでない人との関係より容易である。

垂直制の組織以外の人との関係は異なる。そこには水平的関係が働く。組織や社会環境が異なれば、思想・理念・信条・信念・発想方法などは異なる。人間関係を維持するため、程度差はあるにしても緊張性が求められる。

典型的な事例は地域社会であろう。そこには生活環境の改善や協力・共同のための住民自治組織がある。人々の価値観は多様である。水平的論理を承認・尊重しなければ地域社会は成立しない。垂直的論理は当然排除される。

飲酒の場合を考えてみよう。垂直的組織では成員同士で行う場合が多い。思想・理念・信条・信念・発想方法が同一のため、相手を慮る必要性が低下するからだろう。個性などに左右される要素もあるが、一義的には垂直的論理が優先する。

水平的関係者間においても飲酒する。しかし自己と異なる価値観の相違を認める前提がなければ、飲酒中に対立を生む可能性が高い。水平的関係にあっても飲酒関係を維持しようとすれば、それを承認する必要がある。

労働組合の場合はどうであろうか。労働組合には総じて各種のセクト・グループが存在する。役員選挙では多数確保のため、互いにしのぎをけずる。少数派を自認して立候補することもある。

五一％を確保したセクトやグループは次の選挙に向けて四九％（各）派の減退・排除に向かう傾向はよくある現象だった。組織の性と言うべきあろうか。

私は国鉄労働組合と長い友好関係にある。国鉄の分割・民営化に反対する闘争以来さらに強まった。ある下部組織とは長く交流し、いまも後継組織やその人脈に友人は多い。六〇年以上の関係だ。

国労には多数のセクト・グループが存在する。日本の労働組合では最も多いだろう。民同左派、革同、人民の力……等々である。

各派は垂直制の組織である。選挙になれば激しく組織戦を展開する。しかし話し合いで選挙に持ち込まない場合もしばしばである。そこには他を消滅させようとする志向性はほとんど見当たらない。セクト間で話し合うし、各成員間も交流する。執行部には多様な傾向を代表する人たちが選出される。

彼らは垂直制の組織論理にとらわれず、セクトやグループ間で拘泥なく飲酒する。

国労は分割・民営化前から数十年にわたり国鉄当局、国家権力からの徹底した攻撃・弾圧を受けてきた。それでも現在五ケタの組織を維持している。国際的にも特筆すべき存在であろう。各セクト・グループ間で排除しあっていたら、到底維持しえない組織人員と思われる。そこに各派間の水平的関係を見る。国労から学ぶべき教訓である。

垂直制と水平制に関して、もう一つ原理的事柄に触れておきたい。

垂直制の論理が強力に貫徹する組織は異論を許さない。綱領的憲章や宗教的教義によって結合された組織体だからだ。異論から出た行動・行為と認定された場合、反組織的活動として排除または処分される。異議を唱えても承認されない場合が多い。

この関係は成員間に及ぶ。異論者と親しい関係にあっても断絶すること多々である。この現象は水平的論理が成立する関係者間ではあり得ない。

垂直的論理の成員間でもう一つ考察しておくことがある。思想・理念・教条・信条・発想方法などが同じであれば、個性なども相手方は当然承認しているか、または相手方も同一である、と錯覚する場合である。

この錯覚を発見したとき、人間関係は遮断される。水平的論理の人間関係ではほとんど見られない現象である。個性などの相違は水平的関係では当然承認し合っているからである。

垂直制の論理と水平制の論理を比較するのも甚だ興味深い事柄である。

二話　「共産党の考え方に幅あるか」

二〇一六年二月一三日付の朝日新聞の「声」欄にタイトル名の投稿があった。福岡県の大学生だった。

「声」欄は政治、経済済問題など世界や日本の事象に関する自由な投稿の場である。社会的・政治的諸問題への賛否、意見、感想など多様な見解が示され、人々の考えや思想傾向などを浮き彫りにする。私は「声」欄を好んで読む。社説と同じページで便利だ。

「共産党の考え方に幅あるか」は長年「声」欄を見ているが、共産党に関して直接的な投稿を目にするのも珍しい。共産党の性格・体質を問うものだったからだ。

投稿の論点は三つある。

①共産党の提唱する国民連合政府構想は欺瞞である。自民党をいつも批判しているのに大阪府知事選で自民党推薦候補を支援した。

②共産党は自民党をウルトラ右翼に呑み込まれた党と言うが、リベラル派や護憲派もいる。共産党に改憲派や原発賛成派はいるか。

③国民連合政府を目指すなら幅のある政党に脱皮すべきである。

①から見てみよう。

自民党を批判する共産党が自民党推薦候補を支援するのはおかしいとする。自民党と対決する共産党が、自民党の推薦候補を支援する国民連合政府構想は欺瞞と考えるのだろう。このような思考傾向はよく見聞する。

投稿者は政策課題で一致したとき、共産党が保守系党派を含めて共同する方針のあることを知らなかったのかもしれない。大阪府知事選は橋下徹知事の提唱した大阪市を解体し、大阪府を「都」にする「都構想」を最大の争点に闘われた。大阪の自民党は「都構想」に徹底的に反対した。公明党も賛成しなかった。「おおさか維新の会」を除き、共産党を含むほとんどすべての政党が「都構想」に反対したのである。反「都構想」で一致した政党・政治状況のもとで構築されたのが大阪府知事選挙であった。

投稿者に沖縄県知事選も見えなかったのだろうか。候補者の翁長雄志は元自民党の沖縄県議会議長だった。彼は宜野湾市にある米軍基地を名護市の辺野古に移設することに反対した。共産党は翁長を支持し、他党と共に移設容認の現職自民党系候補を破り勝利した。沖縄県知事選は見事な保守・革新・無党派の共同の勝利であった。

②についてはどうか。

自民党にはリベラルの護憲派や原発反対派もいると述べ、共産党に改憲派や原発賛成派はいるかと問う。

投稿者は政党の綱領や憲章の性格をどの程度知悉していたのだろうか。それらは硬性と軟性に分岐される。硬性綱領は政治上・政策上の原則を明確に規定する。多元的解釈は生じない。綱領の原則規定を承認しなければ入党できない。共産党の綱領は硬性綱領である。

戦争放棄を定めた第九条などの憲法改悪や原発反対を綱領で明確に定めている。改憲派や原発賛成派は存在しようがない。入党間口は厳格である。

日本の政党の綱領は軟性綱領が多い。宣言的、唱和的で解釈の余地も広い。軟性綱領は政策規定に曖昧性を有する。それ故に各種の傾向を有する人々が入党しうる。入党間口は広くなり、政策別派閥の根拠となる。軟性綱領の政党は見解を異にする政策課題を綱領に掲げない。原発政策などに単的に示される

投稿者が硬性綱領と軟性綱領の違いを知らないとすれば、問いとした疑問も生ずるのだろう。幅広論は人々のなかに概してある。しかし本質論は硬性綱領と軟性綱領の相違に係る問題にある。

三つ目

これはとても分かりやすい。多くの国民が思っていることだ。国民のなかに共産党は、独善的で自己主張が強すぎるという見方が伝統的にある。協調性に欠けるという指摘だろう。共産党アレルギーという言葉もよく耳にする。中間党派や労働組合にもある。

共産党も最近、共同・協力関係や接し方などを巡って幅のある党に脱皮することを望む民主的な知識人・学者、善意の人や無党派の人の指摘に賛意を表明し、好意的に受け止めている。歓迎されるべきことである。

「幅広論」の批判的意見には期待感も混在している。共産党の「綱領を語る会」などの活動は時宜にかなっているだろう。

投稿者は大学生である。一般有権者はもちろん、特に学生や若者のなかに「共産党とは何か」を知らしめる活動がさらに求められている。投稿者のような学生に共産党の真の姿を知ってもらうなら、批判者から有力な支持者に変わる転機にもなると思われる。

〈追記〉二〇一六年二月一九日、共産党は民主党、維新、社民党、生活の党と山本太郎とその仲間たちの五野党党首会談で、「国民連合政府」を選挙協力の条件としないことを表明した。幅広に向かう一つの証である。五党は選挙協力に合意した。

その後維新は民主党に合流。民主党は民進党に党名変更。生活の党と山本太郎とその仲間たちは自由党に党名変更。現在の「維新」は「おおさか維新の会」から「日本維新の会」に党名変更。

三話　政権支持率問題と曖昧性、忘却性

安倍内閣の支持率は高い。五〇パーセント台から四〇パーセント台半ばを維持している。不支持が支持を上回ることはない。

この間　政権にダメージになると思われる各種の事件や暴言・発言が続いた。甘利前経済再生相の斡旋収賄疑惑。高市総務相の政治的公平性欠く放送局の電波停止発言。丸川環境相の放射線量一ミリシーベルト以下は「科学的根拠なし」発言。島尻沖縄・北方担当相の「歯舞」を読めない失態。閣僚や自民党議員の政治資金疑惑や不倫、下着窃盗疑惑などなど……枚挙にいとまがない。

ところが安倍政権の支持率にさしたる影響を与えていない。人々が成長戦略など、「アベノミクス」に主たる期待をよせているからであろうか。

安倍首相は高飛車な国会答弁で定評がある。憲法改正や安全保障問題などウルトラ右派

発言を繰り返す。挑発的で質問外の長い答弁を繰り返す。揚句に答弁席からヤジまで飛ばす始末だ。傍若無人ぶりも甚だしい。これまでの総理大臣に見られないタカ派ぶりである。

ここでは政権支持率を原発問題の面から考察してみたい。二〇一一年三月一一日、東日本大震災で福島第一原発の過酷事故が発生した。

一、三、四号機の水素爆発、二号機の放射性物質の大量放出、そして建屋が、次々に爆発する光景は人々をして心底驚愕せしめた。

原発三〇キロ圏内外の住民は着のみ着のまま北海道から沖縄までの各地に避難した。全国に五〇機以上あった原発は稼働停止または再稼働不能に追い込まれた。

人々は原発の恐るべき実態を脳裏に焼きつけた。「原子力、明るい未来のエネルギー」の虚妄を知った。「安全性の神話」が危険を覆い隠す、ウソで固めた隠れ蓑であること理解した。

福嶌原発事故後に行われた世論調査は、原発廃止・稼働反対が八〇パーセント以上占めた。その頃、自民党の政治家を含めて原発推進論を主張する人はきわめて少数だった。その人たちでさえ圧倒的多数の反対を気にしながらの発言だった。

福島原発事故から五年以上経過した現在はどうであろうか。いま安倍内閣は原発推進、再稼働の旗を臆することなく振っている。電源構成は二〇三〇年に原発・二二パーセントとする政策さえ打ち出した。

自民党の原発推進政策の影響を受け、原発に対する市民感情にも複雑な変化が少なからず生じている。むろん原発反対を堅持する人々が多数派であることには変わりはない。しかし当初の危機意識が風化し、原発事故に馴らされ、恐怖からの忘却過程に入った人々もいる。そのためであろうか、原発廃止・反対八〇パーセント以上が五〇パーセント台に落ち込んだ。自民党はそこにつけ込み、原発再稼働を積極的に推進しながら風化を助長させている。

事故後の五年以上たっても立ち入り禁止区域や制限区域解除の見通しは立っていない。チェリノブイリの先例が示すように長期にわたることは間違いない。いまも約一〇万の避難者がいる。無人地域には猪など野生動物が大量に生息する事態になってしまった。

放射性物質による汚染水は膨大な量で蓄積され続け、周辺を汚染している。除染は一部にすぎず、面積の大半を占める森林はやらないという。全面除染は不可能なのだ。

汚染された土などを保管する中間貯蔵施設の目途は立っていない。使用済み核燃料は原発施設にそのまま溜まり続け、やがて満杯になるだろう。青森県・六ヶ所村の核燃料再処理工場は操業の見通しすらない。

遅々とした廃炉作業のため、核燃料の解け落ちた原子炉内部は依然として不明である。

近づくことすらできない。廃炉は四、五〇年かかるという。七〇年以上という観測もある。要するに損壊原子炉の内部は未知の世界なのだ。八方塞がりが適語であろう。原発推進者こそ人類的・生物的危機をもたらした張本人・犯罪者である。

直視すべき事態が最近さらに続出・進行している。

◎九州電力の川内原発（鹿児島県）一、二号機が再稼働した。関西電力の高浜原発（福井県）も三号機に続き、四号機が再稼働した。高浜原発の三、四号機の燃料はウランとプルトニウムの混合酸化物（ＭＯＸ燃料）である。

◎原子力規制委員会は、四〇年の使用期限を超える高浜原発一、二号機の延期稼働を適合とした。四〇年超の運転は初めてである。

◎東京電力が福島原発の炉心溶融＝メルトダウンを認めたのは、放射能が撒き散らされてから二カ月以上もたった二〇一一年五月末のことだった。ところが五年たった今になって、炉心溶融＝メルトダウンに関するマニュアルの存在を明らかにする、という悪質ぶりだ。

マニュアルは炉心損傷＝メルトダウンが五パーセントを超えた段階で炉心溶融＝メルトダウンとすることを定めていた。これほど重要な事柄を五年間も放置していたのである。マニュアルの存在を知らなかったという。信じられない無責任ぶりだ。過酷事故を隠蔽するためのマニュアル隠しとしか言いようがない。

マニュアルに従えば、三日後の一四日には炉心溶融＝メルトダウンと判定できた。放射性物質による被害数も、もっと低く抑えることができたはずである。

再稼働したばかりの高浜原発四号機が発送電開始直後、自動的に緊急停止した。関西電力が自慢げに現場を報道陣に公開した直後の事故だった。

三、四号機は三〇年を超えている。ましてや四〇年超の一、二号機がいかに危険であるか、白日のもとにさらけ出されたのだ。驚くほかない。再稼働の見通しなど立てようもないのが常識である。

いずれもごく最近の事故やトラブルである。福島原発の炉心溶融＝メルトダウン以降も、いまなお事故やトラブルが多発しているのだ。原発の過酷事故の風化が進行しても、その危険性の増加こそが真実の姿である。

しかし原発推進の安倍政権の支持率が、高止まりしていることは認めなければならない。原発再稼働の同政権や自民党のなかにも小泉元首相など、根強い反対論がある。原発推進の安倍政権の支持率に否定的な影響がもっとあってもよさそうに思うのだが……。

残念ながら事情は単純ではないようだ。前の民主党政権を見てみる必要がある。

民主党は「政権交代」のスローガンを掲げ、衆院選に圧勝した。ところがリーマン・ショック後の世界的不況で国民生活の不安が高まり、さしたる経済的成果も残すことができなかった。安全保障政策でも自民党との違いを明確に示し得なかった。あげくに自民党、公明党と三党合意で消費税一〇パーセントの引き上げを公約し、衆院選に臨んだのである。消費税を引き上げて選挙に勝てるわけがない。

消費税を導入したり、税率を引き上げたりした自民党政権はいずれも選挙で敗北または苦戦した。野田前首相の幼さや不勉強、歴史知らずぶりが見事に露呈されたのだ。

人々は参院選・衆院選で民主党政権を厳しく評価した。当然のことである。逆に自民党が圧勝し、たちまち政権復帰を許した。内紛、離党、別党造りが民主党内で盛んに行われた。この事態に人々は辟易とした。

民主党は支持率三〇パーセントを超える時期もあった。敗北後、一ケタ台に落ち込み、いまも脱していない。一方、自民党は三〇パーセント台を維持している。

安倍政権の支持率問題に戻ろう。原発推進論はいまでも悪名高い。原発反対は過半数を超える。加えて安倍政権や自民党には各種の疑惑や政治資金問題、失言、失態、憲法違反発言などが続出している。看板経済政策の「アベノミクス」も評価しないが多数である。しかし安倍政権や自民党の支持率にはあまり影響していない。

人々は民主党の失政と体たらくに懲り、自民党の方がまだましとするカテゴリーのなかにあると言うのだろうか。それとも日本人の曖昧性、忘却性に主因があると言うのだろうか。

日本は多神教の国と言われる。唯一絶対の一神教と比較すると、物事を相対化して考える人の割合多いようである。そこに曖昧性の生ずる可能性がある。同時に日本の戦争責任、歴史認識、慰安婦問題への忘却性も指摘されるべきであろう。曖昧性と忘却性は支持率問題の解明の手がかりになるのかもしれない。

〈追記〉大津地裁は高浜原発三、四号機の稼働を差し止める仮処分決定を出した。稼働中の原発では初めてである。関電の説明を不十分とし、かつ新規制基準にも疑問を呈した。裁判所はこれまで上記決定含む二例を除き、すべて原発推進側の主張を認めてきた。その意味で今回の決定は画期的である。

原発推進の安倍政権にも打撃になるはずだ。人々は支持率を含め、どのような判断を示すであろうか。曖昧、忘却から覚めてほしいと心底願うものである。

四話　オリンピック考

二〇一六年八月五日から二〇日まで、一六日間続いたリオデジャネイロ・オリンピックが閉幕した。「ようやく終わった」というのが当時の率直な感想である。

その間、新聞はまるでスポーツ新聞のようだった。テレビも通常番組の多くがキャンセルされ、オリンピック一色となった。高校野球と重なったため、スポーツ番組で溢れていた。

オリンピックの参加国・地域は二〇五を数えた。二八競技・三〇六種目で競い合った。

金メダルの「獲得状況」を見てみよう。

G二〇（二〇カ国・地域首脳会議）参加国は三〇七個中二四八個。そのうちG七（日本、アメリカ、イギリス、フランス、ドイツ、イタリア、カナダ）各国が一二四個獲得した。

圧倒的多数はG七など経済先進国と、G二〇などの主要国である。途上国・新興国は僅

かしか獲得できなかった。ここにオリンピックが先進国等の国威発揚ためのスポーツ・イベントと言われる所以がある

近代オリンピックの起源は紀元前のギリシャ時代にある。当時、都市国家などによる戦争は絶えなかった。ときおり休戦協定が結ばれた。長期の戦争は国や人々を疲弊させ、癒す期間が必要であった。それが古代オリンピック発祥の根拠にもなった。競技の終了で戦争は再び開始された。古代オリンピックは戦争を継続するための手段だったのである。

オリンピック憲章は次のように述べている。

「オリンピズムは肉体と意志と知性の資質を高揚させ、均衡のとれた全人のなかにこれを結合させることを目ざす人生哲学である。オリンピズムが求めるのは、文化や教育とスポーツを一体にし、努力のうちに見いだされるよろこび、よい手本となる教育的価値、普遍的・基本的・倫理的諸原則の尊重などをもとにした生き方の創造である」

「オリンピニズムの目標は、あらゆる場でスポーツを人間の調和のとれた発育に役立てることにある。またその目的は、人間の尊厳を保つことに重きを置く平和な社会の確立を奨励することにある。この趣意において、オリンピック・ムーブメントは単独また他組織の協力により、その行使し得る手段の範囲内で平和を推進する活動に従事する」

果たして実際はどうであろうか。オリンピック憲章は体現されているのであろうか。

結論を先に記しておこう。「甚だ疑わしい」。勝者を称えると言いながら、感覚器官に対する打撃的刺激物は国名と、国旗と、国歌である。それらの連続的なオンパレードが繰返される。偏狭なナショナリズムが盛んに煽り立てられる。テレビは無限定的だ。国威発揚の大々的な宣伝場と化す。恐るべき威力だ。

選手は気の毒である。みな国を背負わされる。負けた選手に「申し訳ない」と言わせる。金メダル至上主義の柔道選手に至るや、「銀」や「銅」では喜ばない。次なるオリンピックの雪辱を誓わされる。悲壮感が漂う。そこに文化や教育とスポーツを一体にし、努力のうちに見いだされるよろこび、よい手本となる教育的価値、普遍的・基本的・倫理的諸原則の尊重など、まったく見られない。

オリンピック憲章の示す目的は国威発揚や、偏狭なナショナリズムと無縁のはずである。しかし国家が前面に躍り出る。選手はそれへの貢献を否応なく求められる。

古代オリンピックは国家間の戦争継続の手段のために実施された。そして現代オリンピックは国威発揚の限りない手段に成り変わった。国家が競い合う点で、古代オリンピックと本質的に変わるものではない。勝利至上主義を命題とする薬物使用＝ドーピングこそ、その典型的な象徴・例証であろう。

非難されるべき対象は国の威力・存在感・ナショナリズムを憚りなく喧伝する、アメリカ以下のＧ七サミット参加国である。Ｇ七は徹底して国力・経済力を行使する。比較しようもないほどの途上国との力の相違だ。

今回オリンピックの主催国となったブラジルはＧ二〇参加国であり、新興国・ＢＲＩＣＳの一員である。総力あげて招致したが、思惑通りの成果は得られなかった。経済は低迷し、国民の多くがオリンピックに反対した。膨大な費用は「貧困対策」に使え、と大規模なストライキを行った。経費は前回ロンドン・オリンピックの一二分の一に抑えても経済や国家財政への打撃となった。同じＢＲＩＣＳでも中国やロシアとは国力が違っていた。ブラジルですら困難に直面したオリンピックである。Ｇ二〇以外の国で開催することなど不可能であろう。結局、経済先進国が国威の発揚や経済的利益とその効果を獲得するために利用するだけであろう。二〇二〇年は東京で行われる。多大な費用が注ぎ込まれよう。

オリンピック憲章から逸脱し、限られた国でしか開催できなくなった現代オリンピック（パラリンピックを含む）は再検討すべき時期に到来している。世界的貧困の増大を直視しなければならない。莫大なオリンピック費用は途上国の貧困化対策・スポーツ振興に用いられるべきである。

別の視点からも考えてみたい。リオデジャネイロ・オリンピックは二八種目だった。一方、各種の世界選手権大会（または別名国際大会、以下同じ）も一定の期間ごとに開催される。

オリンピック種目に選定されない競技を含めれば、世界選手権大会の方が種目数も間違いなく多いだろう。大会は競技種目毎に単独で行われ、成果と実力はそこで十分試される。一競技なら途上国開催は可能である。スポーツの世界的な振興と普及にも大いに貢献できると思われる。経済先進国中心主義のオリンピックに比べ、世界選手権は国威発揚やナショナリズムの扇動・選手に国を背負わす負担など、弊害ははるかに少ないだろう。

世界選手権大会がオリンピックのように同時・多種目・一国開催ではなく、単独実施されている現状からすれば、途上国のためにも、スポーツ振興のためにもはるかに優れていることは明白である。オリンピックは、これらの視点からも再検討されるべきものと考える。

障害者スポーツを特に強調して本項を閉じたい。

障害者の世界選手権大会は回数を含め、抜本的な拡大・強化が望まれる。同時に障害者の福祉と健康の増進のため、国際的な基準確立のための真摯な検討を強く望むものである。

〈追記①〉 東京オリンピックの開催費用は当初七千五百億円程度と言われていた。ところが、何と警備など経費などを含めて三兆円を超す試算すら公表された。これが世界の貧困対策に使われるなら、どれほど多くの子供たちが救われることであろうか。

元ニュース・キャスターの久米宏は別の動機から東京オリンピックの開催に、たとえ「一人になっても最後まで反対する」と言明した。オリンピック費用は福島原発一〇万人の被害者救済などに使えと言う。久米の主張もまた説得力ある見解である。

〈追記②〉二〇一六年一二月、ＡＤＡ（世界反ドーピング委員会）がロシア選手一〇〇〇人の関与を公表。

五話　入れ墨考

私は四話で述べたようにオリンピックに疑問を持っている一人である。オリンピック憲章と著しく懸け離れてしまったからだ。オリンピックのあり方の検討を強く求めていることを最初に強調しておきたい。しかし二〇二〇年に東京オリンピックはよほどのことがない限り確実に行われるだろう。

日本社会の風俗・慣習は大きく変化している。日本独自のものから、外国文化の影響のものまで多様な変わりようである。その一つに入れ墨がある。英語はタトゥー（Tattoo）である。日本の若者の多くもタトゥーと言う。

日本在留者や来日する欧米人の少なくない人がタトゥーを施している。日本人も増えている。明らかに入れ墨の欧米化である。男女を問わない。

文頭でオリンピックに言及したのは、二〇二〇年の東京オリンピックが真夏に開催されるからである。肌の露わの時期である。内外から数千万の人々がやってくる。若者も多い。欧米人はタトゥーを隠さない。日本の若者も近年その傾向にある。オリンピックは、入れ墨・タトゥーを見る機会が多くなろう。入れ墨からタトゥーへの文化的転換が急速に進んでいる。広辞苑は入れ墨を以下のように解説する。ほりつけること。また、そのもの。後世では墨・朱・赦石《しゃせき》・カルミン・インジコなどの色料を刺し入れて着色したものが多く、仕事師・遊び人などの間に行われた。ほりもの。がまん。文身、刺青。②五刑の一。顔または腕に墨汁を刺し入れて前科のしるしとしたもの。江戸時代には追放・敲《たた》きなどに付加して行われた。③筆を加えること。入れ墨。加筆。【入墨者】入れ墨の刑に処せられ前科者。

刺青の項には「入れ墨。ほりもの」とある。

入れ墨は仕事師や遊び人のなかから生まれたようである。文字や絵画を身体に描き、ほりつけることで次第に社交的なものになっていったのであろう。

広辞苑に「がまん」の言葉がある。入れ墨は「ほりもの」であり、腕、足、腹、背などに墨汁を刃物で刺し入れるので施術中は大変な苦痛を伴う。通常体験しない「がまん」に耐えたことが誇りになっていく。「自分はこんなに強いのだ」「できるものならやってみろ」の心境になる。渡世人やはみだし者、いわゆるヤクザ社会に広がっていった理由の一つかもしれない。

江戸時代になると刑罰の一種となった。懲らしめのために苦痛を加え、顔や腕に墨を入れ犯罪の証拠とした。一石二鳥だった。入れ墨の前科は消えない肉体的記録となった。それは現代刑罰法のなかにも厳然と引き継がれている。いわゆる「前科」である。

江戸時代の入れ墨＝犯罪＝前科（者）は明治時代に新たな事態を生んだ。明治政府はアイヌ民族を日本社会に組み込んだ。アイヌの女性は紀元前のはるか以前から伝統的文化として口の周辺などに刺青を施す習慣があった。女性特有のファッションでもあった。明治政府は入れ墨を「悪」とする見地からアイヌの民族文化である入れ墨を禁じたのである。民族差別の以外の何物でもなかった。

欧米人のタトゥーはファッションである。衣装を身につけるのと同じで、顕示を楽しもうとするものである。花模様などが多いと言われる。アイヌ女性の刺青もファッションであった。欧米と比較してもアイヌの刺青はそれよりずっと前から続く文化であった。

日本では今日に至るも入れ墨に拒否反応示す人が少なくない。そのため浴場や温泉には入れ墨を施した人の入場お断りが記されている。浴場や温泉は日本の文化である。外国人が関心を示すものの一つだ。オリンピックで来日したタトゥーの人々の入場を拒否できないであろう。この面からも考え方の転換が求められる。

入れ墨は江戸時代以来、反社会的な組織のなかで巾を効かせていた。いまも般若や髑髏など、人の忌み嫌うほりものがある。それをちらつかせることで他人を屈服させ、不当な要求や利益を得ようとする。ここに欧米のファッション性やアイヌの民族的伝統文化との根本的な違いがある。

ところが逆に入れ墨に拍手を送る風潮もあった。ヤクザ映画が全盛のころ、いまは亡き高倉健や菅原文太がさっそうと登場した映画である。ベタベタの紋々入りの身体だった。遠山金四郎こと「金さん」がもろ肌ぬいで白洲で啖呵を切るのも待っていた。いずれも入れ墨に共感を寄せたというより、極悪非道の悪党の成敗や悪事を暴く口上に共感を示したものと思う。人々は入れ墨者であっても正義の側についたのである。

ファッションである欧米タトゥーの人的文化的広がりで、日本の入れ墨の伝統的観念は転換せざるを得なくなっている。東京オリンピックはそれを確実に推し進めるだろう。

入れ墨に嫌悪を示す人が少なからずいることを認めるにしても、江戸時代以来の「入れ墨＝前科」は変更されなければならない。日本の刑罰法は依然として封建時代以来の前科（者）の制度を引き継いでいる。前科は記録され、自ら消すことができない。国家の権力行為である。前科制度は個人的尊厳と自由を著しく侵害する。ファッション化の進行で前科の法制度そのものを廃止させる方向に転換させなければならない。

六話　おかしいぞ、ＮＨＫ

籾井勝人がＮＨＫ会長になって、飛んでもない発言が続いた。彼は自民党の基盤である産業界の人間である。「政府が右というものを、左と言うわけにはいかない」「慰安婦問題の報道は政府の方針がポイントになる」などと述べた。驚きを超えた暴言である。放送法を無視し、ＮＨＫの公共性を根本的に蹂躙した発言だった。

籾井勝人が放送界とは関わりのない出身とはいえ、この種の放送人はかつていなかった。無知・無教養で片づけるわけにはいかない。

国会をはじめ、各界・各人士から猛烈な批判が巻き起こったのは当然のことである。いずれも辞任を強く迫ったものだった。彼をＮＨＫ会長にした安倍首相は厳しく非難されなければならない。

しかし暴言ぶりはそれらに止まらなかった。最近の原発報道に関してＮＨＫの内部会議で次のように述べるに至った。

「関係当局の発表の公式見解を伝えるべきである。いろいろある専門家の見解を伝えても、いたずらに不安をかき立てる」だけだ。

公式見解とは「気象庁、原子力規制委員会、九州電力」を指している。これも衆議院総務委員会の公開の場の答弁だった。許せない発言である。多数の専門家が原発の危険性を指摘していたのだ。いずれも福島原発の過酷事故の教訓を踏まえたものだった。彼の発言は危険性を報道するな、と言うのに等しい。

籾井の意図が徹底されているのであろうか。ＮＨＫは九州電力・川内原発に関してほとんど報道していない。付近住民など、多くの人々が収束しない熊本地震を心配して稼働停止を強く求めている。ＮＨＫは「放射能漏れはない」と言うに止まっているにすぎない。漏れてからでは遅いのだ。それが福島原発の事故の教訓である。しかるに川内原発から利益を得ている営利会社・九州電力を公式見解の発表機関に加えるに至っては語るに落ちたとしか言いようがない。

関係当局発表の公式見解を伝えるということは、「政府が右というものを、左と言うわけにはいかない」「慰安婦問題の報道は政府の方針がポイントになる」という暴言を依然として撤回していないことを証明するものである。公式見解とは「右と言うものを、左と言えない」ことであり、政府見解の「ポイント」に従う、ということに他ならないからである。籾井会長ら安部首相派の役員はＮＨＫを政府の広報機関と思っている、と批判されても仕方がないであろう。

国際ＮＧＯ「国境なき記者団」が世界の報道自由度ランキングを発表した。日本は一八〇ヵ国中七二位だった。中国支配下の香港ですら六九位である。朝日新聞は、日本がそれ以下であることを嘆いていた。

以下の事実を指摘しておきたい。自民党の国会議員が「報道機関を懲らしめるためには広告を絶つことだ」と言い放った。高市早苗総務大臣は「不公平な放送局の電波停止」に言及した。評判のよかったＮＨＫの「クローズ・アップ現代」の國谷裕子キャスターが降板した（させられた）。朝日テレビ・「報道ステーション」の鋭い論評で人気のあった古館伊知郎キャスターが降板した（させられた）。いずれも「政府が右と言うものを、左と言うわけにはいかない」という発言以降の降板劇だった。

俯瞰するに、政府権力から放送・報道機関への強い圧力が伺われる。国際NGO「国境なき記者団」の指摘はけだし当然であろう。

報道の自由、表現の自由、市民の知る権利は断固として守らなければならない。

もう一つNHKに言いたいことがある。多くはないが、NHKに電話することがある。「どうかと思う」と感じたときなどだ。解説者やアナウンサー、NHK社員とおぼしき人などが公平性・公正性に欠くと思われる発言、間違った言葉遣いや素振り、健康番組などでの一方的な見解や間違った決めつけ方、番組解説者の相手となる女優や女性アナウンサーの内心の思いを表す「フーン」「ハーン」「ヘーン」の多用（数十回の場合もある。聞きたいのは解説者の話であって、相手役の内心の思いではない）……等々。クレームを付けたいことが少なからずある。

最近「番組」そのものが政治解説を超えて特定の国を批判したり、揶揄したりする番組も出てきた。番組そのものの不公正性である

意見や要望を受け付ける人は、「NHKふれあいセンター」の若い（？）と思われる女性

がほとんどである。同センターが一括して聞く規則になっているという。決して番組の関係者には繋がない・直接意見や要望をしたければ「手紙か、ファックスを送れ」と言う。上から目線の冷ややかな対応である。市民感覚からかけ離れた官僚的態度だ。ＮＨＫの体質を見る思いである。

私の意見や要望は採用された試しがない。同センターから関係者に伝わっているのか甚だ疑問である。視聴者の意見や要望が、番組と無関係の、しかも見てもいない受付係にどれほど分かるのか、というのが電話した側の割り切れない感想である。

私は新聞社にも意見・要望などを言う。応対はＮＨＫとはまったく違う。新聞の当該箇所を見ながら話を聞くので臨場感がある。討論にもなる。『ＮＨＫふれあいセンター』の「聞き置く」対応では、聞く側は聞きっぱなし、言う側は言いっぱなしで終わる。番組担当者・関係者とのやり取りがあれば新聞社と同様に臨場感も出ると思うのだが、ＮＨＫとでは生産的な議論や人間的会話はまったく生じない。

国家機関の一翼の如く対応や、市民の感覚・視線から乖離した体質は厳しく糺されなければならない。

〈追記①〉　籾井体制後のＮＨＫの報道姿勢への批判は根強いものがある。選挙関連や政策課題など、野党側に比べて政権側の時間配分が明らかに多い。各界人士が指摘するとおりである。逆に政権側に不都合な出来事は少なくなる。

例えば大阪府知事・松井一郎や沖縄担当相・鶴保庸介の発言である。大阪府警の機動隊員が沖縄県・東村高江の米軍基地・ヘリパット建設に抗議する人々を「土人」の差別語で罵倒した。松井府知事はそれに「ご苦労さん」の言葉でねぎらった。鶴保沖縄担当相は「土人」は差別用語でないと強弁・擁護した。鶴保に各方面から辞任要求が出された。ところがＮＨＫはこれら重大発言をほとんど報道しない。政権寄り体質が露わだ。

〈追記②〉二〇一六年一二月、ＮＨＫ経営員会は籾井勝人会長を再任しなかった。当然だ。新会長のもとでどのような運営が行われるか、しっかり監視しよう。安心は禁物。

七話　改憲派から護憲派へ三点の質問

朝日新聞「読者の声」欄にタイトル名の投稿があった。論点は以下のとおりである。

①戦争放棄や戦力の不保持が九条で定められているが、それだけで日本は戦争を仕掛けられたり、戦争に巻き込まれたりしないという根拠があるのか。

②改憲派の主張する、「日本が第二次大戦後、戦争なしでくることができたのは、日米安保体制や自衛隊の存在のおかげである」という意見をどう思うか。この考えを否定するなら、日本が平和を維持できた理由をどう考えるのか。

③日本の近隣には核武装を進める北朝鮮や南シナ海・東シナ海で覇権をうかがう中国がいる。こうした国々の覇権主義的な行動を止めるには、対話のほかに抑止力としての一定の軍事力も必要ではないのか。

投稿者は自己の見解を示しながら護憲派に三点質問した。また改憲派と護憲派の議論はかみ合っていないこと、そのため両派が質問や回答を重ねることが必要であること、そうすることで多くの人に憲法問題を考えてもらうことができる、という議論のあり方も述べていた。

改憲派のなかには議論というより、自己の見解を荒々しく展開する傾向もあるが、本投稿者は穏やかな対話を求めている。護憲派の一員として真摯な姿勢を歓迎したい。

①について

憲法制定後、七〇年経過した。その間、日本に戦争がなかったのが厳然たる事実である。沖縄など日本のアメリカ軍基地が朝鮮戦争やベトナム戦争遂行のための作戦・攻撃基地になったが、これらの戦争はアメリカ軍が行ったものである。日本の国家権力が発動したものではない。

アメリカは、基地の使用は日米安保条約にもとづくものであると主張する。沖縄は長期間アメリカの施政権下にあった。二つの戦争は、日本が仕掛けられた戦争でも、巻き込まれた戦争でもない。

集団的自衛権を行使し、アメリカの発動した戦争に参加しなければ憲法九条の堅持により、今後も日本が戦争を仕掛けられることも、巻き込まれることもない。あるとすればアメリカの戦争行為への加担によって、日本が攻撃される場合だけである。その危険性を取り除くためにも日米安保条約の解消が必要である。

②について

日本が戦争せずにこられたのは日米安保体制や自衛隊の存在によるものである、とする主張は改憲派の共通した見解である。

この見解の特徴は憲法の平和主義と戦争放棄の諸体系を欠落させているところにある。改憲派の論者は日米安保体制と自衛隊の存在＝軍事力が戦争防止の要件であると主張ずる。この論理は戦前の植民地主義・侵略戦争の教訓と無縁なものである。改憲派は戦前の日本をどのように捉えているのか。戦争を防止するために軍備を拡大したとまで言うのであろうか。そうではないことは改憲派も否定できないはずである。

軍事力を保有すれば際限なく拡大する。軍備拡大と絶え間ない侵略戦争の道に突き進んだのが、軍国主義・日本の歴史であった。

軍事力の存在が、「戦争なしでくることができた」とする論理は歴史の事実からかけ離れた主張である。平和主義と戦争放棄の憲法理念がなぜ確立することに至ったのか、歴史を直視する客観性を強く望むものである。

③について

投稿者が「この観点を否定するなら、①に対する回答だけで十分であろう。

投稿者は北朝鮮や中国を覇権主義的国家と捉える。北朝鮮の核武装、中国の南シナ海や東シナ海での動向を根拠にする。それをくい止めるために抑止力としての軍事力の必要性を説くのである。

近年の北朝鮮や中国の動きをどう判断するか、各種の見解がある。投稿者の論理展開の自由を否定するつもりはない。

投稿者が北朝鮮や中国との「対話」を求めていること、および日本の軍事力に関し、「一定」のという制限的表現を用いていることは評価しておきたい。

私は二つの問題意識を持っている。

一つは改憲論者の見解の致命性は、北朝鮮や中国が日本の植民地主義・侵略戦争の被害国であったこと、日本が加害国であったことに触れないことである。かつて日本覇権主義の対象は北朝鮮を含む朝鮮半島と中国であった。明治以来数十年の長期にわたった。両国にとって忘却されざる歴史的期間である。

両国が恐れるのは再び日本覇権主義の支配下に置かれることである。覇権主義を警戒しているのは朝鮮半島の国々や中国であることを明確に認識すべきである。今日、日本が戦前のように朝鮮半島や中国に覇権主義を行使し得るほどの力関係にないからといって、歴史の事実を無視するわけにはいかないのである。

抑止力を口実に軍事的対立のサイクルに陥れば、生産的関係は生まれない。投稿者も指摘するように対話こそ必要である。相違・摩擦・懸案事項は外交努力で解決されなければならない。

ここで北朝鮮問題に言及しておかなければならない。北朝鮮は安保理決議に反し、核実験やミサイル実験を繰り返している。問題の根源にはアメリカと北朝鮮の諸関係がある。朝鮮戦争は一九五三年に休戦協定が結ばれた。以来六三年以上経過した。休戦状態にあるだけで、依然として戦争当事国の関係にある。アメリカ、北朝鮮、韓国、日本、中国、ロシアの「六カ国協議」の枠組みはあるが、事実上機能していない。

こうした現状のもとで北朝鮮の核政策が展開されている。アメリカは戦争状態を終結し、対話を通じて国交関係の樹立に向かう政策に転換すべきである。北朝鮮包囲網・壊滅作戦では核問題は解決されないだろう。

日本も植民地支配の賠償・償いが未解決である。アメリカ追随だけでは生産的な関係は得られようもない。

護憲派の一部が東南アジア友好協力条約に着目し、北東アジア友好協力構想を提唱している。東南アジア友好協力条約は域内各国の武力不行使を取り決めている。これを北東アジアにも適用しようとする試みだ。実現すれば北朝鮮や中国との平和的諸関係は大きく改善するだろう。改憲派も対話に留まらず、関係改善のための諸構想の検討を期待したい。投稿者は安保法制で踏み切った集団的自衛権問題に言及しなかった。如何なる見解にせよ、当然触れるべきテーマであったと考える。

八話　野党共闘を批判する与党支持者の欠落

参院選をへて野党共闘が言葉のうえでも定着した。耳目によく飛び込んでくる。新聞の投稿欄にもよく載る。賛否両論で興味深い。活発な議論を期待したい。

「政策合意なき野党共闘は無意味」とする一文を目にした。主な論点は以下のとおりである。

①野党共闘は参院選で三二人区中一一勝二一敗だった。巨大与党に有利な一人区で共闘

の有効性を示した

②国民の関心は景気、雇用、社会保障、福祉にある。

③国民の声を反映させるつもりなら、安全保障関連法に反対するだけでなく、経済や社会政策を議論すべきである。

④それがない野党共闘は意味がない。

論者は東京都知事選の野党候補の政策不在も指摘した。しかし参院選の一人区と首長選は性格の異なる選挙である。論点を拡大しすぎると議論の適格性を失いかねないことを指摘しておきたい

与党側の論者にしばしば冷静さに欠いた議論が目立つ。最たるものは野党共闘を「野合」の一言で一蹴してしまう。共闘の中身に触れないため議論が成立しない。論理ぬき「野合」の一言は野党共闘への危機感の表れでもあろう。

参院選の野党側一一勝は当初の予想を超えていた。負けても肉薄した選挙区はいくつもあった。今後野党共闘が定着し、市民団体の支援を受けつつ各政党の持ち味と力量が発揮されれば、与党側は「野合」批判を叫んだだけでは説得力に欠くことになるだろう。

本論者は野党批判としてはまともな議論を求めている。第一と第二は正当な論点と考える。巨大与党に対し、少数派の共闘の有効性を評価している。

与党側からの野党批判、あるいは改憲派から護憲派への批判に見逃せない共通の事実があることを指摘しておきたい。その特徴は重要な事実を見ないか、見ないふりをするか、欠落させることにある。

改憲派は日本の侵略戦争と植民地支配に決して触れない。歴史の事実に言及しない点で際立っている。日本は満州事変からだけでも中国に一五年間の侵略戦争を行った。朝鮮へは間接支配を含め数十年の植民地統治を続けた。他のアジアの各国にも攻め入った。人々は多大な被害を蒙った。

日本国憲法が無謀・野蛮な侵略戦争の反省のうえに戦争放棄の九条を制定したことを無視する。改憲派から平和的、友好的外交関係の樹立という声は聞こえてこない。

彼らは中国や北朝鮮の軍事的脅威を声高に言い、日本の軍事力の強化を主張する。歴史の事実をアベコベに捉えていることに矛盾を感じていない。

中国や韓国、北朝鮮が近・現代に蒙った耐えがたい屈辱と犠牲を再び繰り返させない、という国是を無視する。改憲派の論点基盤はここにある。

「政策合意なき野党共闘は無意味」とする論者は「野合」を主張する人と異なっている。「野合」批判は一言もない。議論の共通土俵を見出すことができる。しかし欠落した視点を指摘せざるを得ない。知らなかったのかもしれない。善意に受け止めておきたい。

論者は「国民の声を反映させるつもりなら、安全保障関連法に反対するだけでなく、経済や社会政策を議論すべきである」と述べる。安全保障関連法反対だけで、政策合意がないと決めつけている。野党共闘批判者にこうした認識の人が多いようだ。果たしてどうなのか。野党共闘は民進党、共産党、社民党、生活の党と山本太郎とその仲間たち（のち自由党に党名変更）の四党で組まれた。「ママの会」「ＳＥＡＬｓ（現在解散）」「学者の会」など多数の市民団体も加わった。

残念ながら論者に重大な誤認がある。四党間の共通政策と四党と市民連合の政策協定は文書で存在した。

四党の共通政策は以下のとおりである。

①安保法制の廃止・立憲主義の回復
②アベノミクスによる国民生活の破壊、格差と貧困の拡大の是正
③ＴＰＰや沖縄問題など国民の声に耳を傾けない強権政治を許さない。
④阿倍政権のもとでの憲法改悪反対

次に四党と市民連合の政策協定を示そう（数字番号は筆者）。

①安全保障関連法の廃止と立憲主義の回復
②改憲の阻止

③公正で持続可能な社会と経済をつくるための機会の保証
④保育士の待遇の大幅改善
⑤最低賃金（時給）を一〇〇〇円以上に引き上げ。
⑥辺野古新基地建設の中止
⑦原発に依存しない社会の実現に向けた地域分散型エネルギーの推進

共通政策、政策協定はいずれも簡潔かつ明快だ。勝手な解釈を許す余地はほとんどない。市民連合との政策協定は市民的要求が拡幅されている。

民進党は原発政策で意見が分かれている。稼働推進派もいる。四党合意には原発問題はない。市民連合との政策協定では、原発に依存しない社会の実現に向けた地域分散型エネルギーの推進とした。巧みな協定というべきであろう。この文言で原発稼働派の了解を得たものと推測される。国民の多数は原発の稼働に反対している。民進党も市民の原発に対する危惧を無視できなかったからだと思う。

共通政策と政策協定は初の多党間、および市民団体との協議で締結された政策協定である。投稿者が見落としたか、無視したかは問わないにしても、「政策合意のない野党共闘」と極論するのは失当である。

終わりに敢えて糺したいことがある。集団的自衛権の問題である。論者は、野党共闘は安全保障関連法ばかりに反対していると単純化して批判した。事実はどうか。安倍内閣は集団的自衛権の行使を合憲とした。長年の違憲解釈を一内閣の判断で変更したのである。

論者は集団自衛権問題に触れていない。与野党間で根本的に異なる論点である。それを避けて、「安全保障関連法反対だけ」と言うのは公平な論議にもとるだろう。改憲派はもとより集団的自衛権の行使を当然としていたことを指摘しておきたい。

〈追記〉　野党共闘は維持しているが、党間の協調・協力関係は参院選より後退している。二〇一六年一〇月、二つの選挙が行われた。

一つは新潟県知事選挙である。野党四党のうち共産党、自由党、社民党の三党は原発再稼働反対の候補を支持し、容認派の自公候補に勝った。しかし民進党は自主投票で、有力支援組織・連合は自公候補を支持した。

連合には、原発推進派の有力労組・電力総連が傘下にある。連合は共産党との共闘否定論が強い。民進党の自主投票は連合など支援団体や、党内各派の諸関係からの限界性を示したものであった。原発再稼動反対の候補を支援する有力幹部もいたが、野党四党による選挙共闘には至らなかった。

もう一つは東京一〇区と福岡六区の衆院補選である。両区とも共産党が候補者を降ろし、民進党候補者に一本化したものだった。結果はいずれも自民党の圧勝だった。負け方が酷かったうえに奇妙な選挙共闘となった。民進党が他の三党の推薦を断ったのである。自党候補が他党から推薦されれば喜んで受けるのが普通である。逆に断ったというのだから驚きだ。

四党首が揃って演説会場に並ぶことはなかった。民進党・蓮舫代表が来ないのである。四党の党首またはそれに次ぐ代表の集まった演説会場に候補者の臨場は認められなかったという。連合は四党の合同演説会が行われたことに抗議して選挙事務所からスタッフを引き上げてしまった。まか不思議な選挙共闘である。

民進党のある幹部は「協定も推薦もない」「新しい選挙共闘」と誇る。これでは各党の力を総結集することなど不可能であろう。他の三党から不満が出るのも当然である。

衆院補選に政策協定はなかったと言うが、四つの合意があった。

①安保法制＝戦争法の廃止、立憲主義の回復。

②アベノミクスによる生活の破壊、格差と貧困を是正する。

③環太平洋経済連携協定(ＴＰＰ)や沖縄問題など国民の声に耳を傾けない強権政治を許さない。

④安倍政権の下での憲法改悪に反対する。

以上の合意は選挙戦では前面に出てこなかった。「協定も推薦もない」が、民進党から見聞されたからだろうか。合意が協定でないとしたら、二つの補選は参院選に比べ、野党共闘の「新しい後退」と批判されても仕方がないと思うのである。

先の論者は「政策協定のない野党共闘は無意味」と言った。この指摘にどうこたえるのか。「新しい後退」に導いた人々によく考えてもらいたいものである。

九話　アメリカと戦争した？　朝鮮が植民地？

日本とアジアの青年が交流したり、話し合ったりするとき、会話が噛み合わなかった、という話を見聞することがある。

趣味・スポーツ・音楽などで話が弾んでも、近・現代史の日本の行為に関する話題に及ぶと、会話が途切れてしまうらしい。アジアの青年はよく喋る。一方、日本の青年は寡黙になる。歴史認識や政治的な事柄になるとコミュニュケーションが取りにくいというのだ。

何故こんなことが起こるのだろうか。

一九世紀末から二〇世紀半ばまで日本はアジア各国に軍事的に「君臨」してきた。朝鮮を植民地支配したし、中国には満州事変以後だけでも一五年にわたる侵略戦争を行った。中国東北部に傀儡政権の満州国さえ造った。インドシナ半島、インドネシア、フィリピンなどアジアの国々に攻め入った。アジア各国の青年はこれらの歴史を知っている。日本の青年がこの種の会話で途切れがちになる原因は歴史認識に乏しいからであろう。

戦前生まれの世代にとって、信じられない調査結果を目にしたことがある。数年前のことだった。ある新聞の孫引きだったと記憶している。アメリカと戦争をしたことを知らない青年が二〇パーセント弱、朝鮮を植民地にしていたことを知らない青年が五〇パーセント強、というのである。何歳から何歳のまでの調査か分からないが、驚くべき数字である。これをどう判断すべきであろうか。学校や家庭における青少年の歴史教育の問題として捉えることは容易かもしれない。しかし、そこに単純化していいのだろうか。原因があるはずである。

朝日新聞の歌壇から引用しよう。

「戦争の授業はたった四時間で戦後に走る高校日本史」(二〇一六年一二月五日　西条市　村

上敏之）

驚きである。一五年戦争や太平洋戦争が四時間で終わるのだ。欠席したり、居眠りしたり、「内職」（英数等）したりしていれば戦争の「せ」の字も知らないで終わってしまう。二〇％弱や五〇％強がいっそうの真実性を帯びる。

歴史教育は一時期、特定学校群または公・私立によって進捗状況が異なっていたようだ。長年、明治維新後で終了していた学校も少なくなかったという。入学試験にも近・現代史がほとんど出題されない。侵略戦争や植民地支配の時代状況が軽視されたり、関心の外に置かれたりする傾向が続いたとする指摘もある。ここにアジア各国の青年と齟齬をきたす契機があるように思われる。

いまの日本の歴史教育はどうなっているのだろうか。近くの中学と普通高校に現状を聞いてみた。

中学では歴史、公民、地理は必修である。三年間で履修する。三科目もあるから時間数を十分確保するわけにはいかないだろう。

歴史担当の教員は言う。

「日本史は以前、明治維新か、せいぜい日清戦争、日ロ戦争くらいで終わっていたようですが、どうなのでしょうか」

「そのようですね。私たちの時代もそうでした」

「いまもそうですか」

「いいえ、違います」

「そうすると、どこまでやっているのでしょうか」

「歴史は現代史もやっています」

「そうですか。現代史もやっているのですね」

「ハイ、そうなっています。上の方からもやるように言われています」

「上の方から」とは文科省・教育委員会を指すのだろう。文部省は現代史教育の不十分さの弊害を認めているものと思われる。


同様に普通高校の社会科系統の教員に問い合わせてみた。日本史と世界史は必修、技術系は世界史が必修で日本史と地理はいずれかの選択になっているという。

現代史を尋ねると、中学の教員とほぼ同じ答えが返ってきた。日本史はやはり文科省・教育委員会を通して現代史まで行うよう指示されているようだ。ただ技術系の場合、日本史の選択科目が気になる。地理を選択すると日本史は中学で学んだきりで終わってしまう。

アジアなど、日本企業の海外進出はますます増大している。技術系の人材は海外勤務もしばしばである。日本史が選択科目になっていることに注目せざるを得ない。

国公立大学の入学試験は「大学入試センター試験」により行われている。英語、数学、国語、理科、地理・歴史、公民などである。地理・歴史・公民関係の科目は多い。地理、日本史、世界史、倫理、政治・経済、現代社会、倫理・政経などに分かれる。選択試験科目が二つの場合、日本史など歴史を受験しなくてもよいことになる。

センター試験を利用している私立もあるが、入試科目数の少ないことなど考えさせられる。少子化も加わり、事実上無試験のところもある。そうなれば歴史は試験上の軽視科目にならないだろうか。懸念される問題である。

中国や韓国は歴史教育を徹底している。特に一九、二〇世紀の日本帝国主義の侵略や植民地支配の実態を詳らかにすることに重点がおかれている。国の主体性の確立と尊厳を基礎に、二度と屈辱や悲惨な歴史を繰り返えさせないためである。

足を踏まれた者の痛みは踏まれた者でしか分からない。痛みつけられた側の歴史教育の重みはそこにある。

中国や韓国の青少年は歴史教育によって父祖の悔しさ・無念さを知る。他のアジア諸国も同様であろう。いまもって国交もなく、植民地支配の賠償も受けていない北朝鮮ではなおさら徹底して行われていることだろう。

日本と中国、朝鮮半島の青少年たちとの歴史認識の違いは顕著な事実である。この種の問題でアジアの青年が雄弁になり、日本の青年が寡黙になるのは当然のことかもしれない。

批判を恐れず言おう。現代史の時間数を増やし、入試科目にすべきではないだろうか。さもなければ日本とアジアの青年の友好的なユニュケーションに重大な支障をきたす恐れすら想定できるからである。アジアの各国と友好関係を築き、日本の将来のために必要な視点と考える。

私は後述するようにポーランドのアウシュビッツ収容所とビラケナウ収容所を見学した。第二次大戦中ナチス・ドイツは六〇〇万のユダヤ人をガス室などで殺した。二つの収容所だけでも一五〇万人がホロコーストされた。収容所は悲劇の世界遺産になった。

私はポーランドの青少年が多数見学に訪れていたことに注目した。ポーランドはナチスの犯罪とユダヤ人虐殺の恐るべき実態を未来永劫に伝えるため、歴史教育を徹底的に重視する。若い見学者がひっきりなしに訪れるのはそのためである。

ドイツも然りである。ドイツ政府は今もナチス親衛隊の犯罪人を追及している。ホロコーストに時効はない。同政府はユダヤ人犠牲者に謝罪と賠償を行った。青少年への歴史教育がドイツでも重視されていることは論をまたない。

両国と比較して日本の現代史教育のおざなりぶりは目にあまる。日本の現代史教育の問題点は何か。侵略戦争に敗北した後の一時期を除き、保守的政治権力が歴史を直視せず、無責任な態度・姿勢を取り続けてきたことにある。安倍晋三首相はその最たるものだ。中国、韓国との諸関係が絶えず揺らぐ最大の原因は同首相にある。

彼は他人の談話や声明を引用しても、自らの言葉で日本の戦争責任や朝鮮の植民地支配に言及しない。中国や韓国が安倍首相の歴史認識を厳しく批判するのは当然である。近・現代史の共通認識を共有しなければ、領土問題の解決は難しい。

日本の保守的勢力の一部と右翼的潮流は侵略戦争と植民地支配を認めない。彼らは中国や韓国の主体的な歴史教育を反日教育と言い、敵視する。ヘイト・スピーチを繰り広げる一団は在日韓国・朝鮮人の特権を許さないと主張し、存在を全否定する。

植民地統治は朝鮮人が望んだことであるとさえ断言する政治家もいる。彼らの精神的・反歴史的認識の支柱である靖国神社の「遊就館」は侵略戦争を「自存、自衛」の戦争であると強弁して憚らない。

自民党などは「みんなで靖国神社に参拝する国会議員の会」を百数十人で組織している。こうした勢力が文科行政に影響力を行使している故に、歴史教育は長年にわたり明治維新止まりで終わっていたのだ。

学校教育における現代史の学習は決定的に重要である。日本の青年が中国や韓国など、アジア各国の青年から孤立や蔑みの対象にならないためにも真剣な歴史教育の強化を望みたい。日本の将来展望ために絶対的に必要だからだ。

〈追記〉二〇二〇年度を目途に、記述式導入など国立大入試改革案が検討されている。

一〇話　生活文化としての宗教

加齢とともに、生活のなかの宗教上の考え方も変化するという。一考してみたい。公明党は選挙の度ごとに着実に議席と得票を増やしている。何故なのか。宗教の側面から考えてみたい。

日本は多神教の国である。仏教があまねく定着している。宗派も様々だ。神教もまた然りである。「火の神さん」「地の神さん」「高神さん」「おいべっさん」に「ほていさん」……等々。数えればきりがない。まさに八百万の神である。

代々続く家や農家には仏壇のほかに神棚や神札がある。空気のような存在だ。いずれも信仰の対象である。違うのは祭日くらいだろう。「仏さん」の行事を済ませた翌日は「神さん」の祀りごと、次は別の「神さん」の儀式、何の矛盾もなく執り行われる。一神教の国では考えられないことである。キリスト教徒やイスラム教徒が日本の家庭のあまりに多い仏や神に驚くという。

仏壇のことを考えてみよう。祭祀継承者の家には仏壇と少なくない位牌がある。独立しても同居者が亡くなれば仏壇を据える。仏壇「なし」から、「あり」に変わっていく。無神論を自任する人の家でもほとんど同様である。日本の仏教文化の典型的な姿である。

熱心な人々は朝な夕なに加持祈祷を行う。心中はほぼ同じだろう。他界の身内や親族、祖先に対する祈り、家内安全、商売繁盛、病気の快癒、罪への懺悔……などなど、様々と思われる。いずれも熱心で偽りのない心の発露となろう。

ともに暮らした身内、親族が他界したとき、人は深い悲しみに陥る。立ち上がれず自殺する人もいる。酒で悲しみから逃れようとしてアルコール中毒になった人もいる。身近な人を失うということはそういうことである。悲しみ・悔い・許しを請い、仏壇に手を合わせる。香を立て、小磬《きん》を打つ。日本の典型的で宗教的な生活様式である。

かくいう私もそうである。二〇〇四年に妻を失った。やがて一三年になる。仏壇に父母と並んで位牌を安置してある。

私は無神論者である。「あの世」を信じていない。しかし妻を亡くして仏壇に対する生活意識・態度が変わっていった。仏壇に向きあうことに抵抗や矛盾を感じなくなったのである。仏壇が不要で、余分な家具には思われなくなったのだ。

「あの世」を信じていなくても、母親から引き継いだ仏壇が精神的・物質的な宗教的家具として家のなかに溶け馴染んでいた、という思いは妻を失って知った到達点であった。

宗教を信じようと信じまいと、仏壇に向き合う行為は加持祈祷行為である。それは宗教行為のカテゴリーに入る。しかし、この行為は神を信じようが、信じまいが日常的に定着しているので単に生活様式の一環に過ぎないだろう。宗教上の発意とはいえ、長年の生活文化の一様式と言える。

私はこの現象を「生活文化としての宗教」と位置づけている。文化として捉えれば宗教を別の観点から見つめることもできる。

以上を前提に冒頭の問題に戻ろう。

公明党は長年自民党政権の与党にある。安保法制=戦争法など自民党の良き伴走者である。自民党を諫めることはほとんどない。与野党対決法案では強行採決の共同実行者だ。

自民党と一体化しており、自民党の一派閥に見える。自民党創価学会派、代理店・公明党と言う方が分かりやすい。

安保法制＝戦争法では創価学会員の一部が反対した。国会デモにも加わった。自民党路線に従う公明党の政治路線に異を唱える人々もいるのだろう。与党ボケに矛盾を感ずるのも当然である。それゆえ選挙の際、支持者の一定数は入れ替わるようだ。

しかしである。公明党は選挙に強い。当選率は高い。着実に伸びている。「秘密」はどこにあるのか。

創価学会は宗教組織である。その政治的代理店・公明党も宗教政党である。議員など、学会員のごく一部が公明党員になり、創価学会の丸抱えを受ける。一体化しているので独自性はほとんどない
創価学会は日蓮正宗と対立し断絶した。だが宗教組織に変わりはない。学会員の家庭は勤行など、宗教的な生活環境にある。地域の座談会も同様だろう。

創価学会は会員の葬式、法事をねんごろに執り行う。地域の会員や知れたる会員はこぞって参加する。経や特有の仕来り、励ましの言葉に当事者はいたく感動する。感謝の念が募るのも然りである。

創価学会は近年他宗派の知人の弔問、法事などに赴くことが多いと言われる。受けた人に感謝の気持ちがつのるのもけだし当然である。

仏教の諸行事は少なくない。人が亡くなれば四九日、百箇日、一周忌、三回忌、七回忌……と続く。初盆もある。春夏の彼岸や盆供養もある。これらの法要を重視する創価学会・公明党の宗教的結びつきが選挙の強さに現れているのだろう。生活文化としての宗教は人々の義理・人情を育む重要な精神的契機になっている。

自民党の日常活動は冠婚葬祭に顔を出すことである。葬儀に国会議員など多数の議員の弔電が披露される。花輪も並ぶ。何人弔問したか、何本弔電を打ったかで当落が決まるとさえ言われる。創価学会の日常の宗教活動との違いはあるが、保守政党も宗教文化の諸儀式を決定的に重視する。

革新政党や民主団体はどうであろうか。構成員や支持者は、比較的神仏を信じない人が多いと思われる。無神論者を自任する人もある。しかし家にはほとんど仏壇がある。法要や年中の神仏の諸供養も執り行う。生活様式としての宗教が継承され、家に根づいているからだろう。私もその一人である。

本人や同居の親族が亡くなると関係者に周知される。会社や関係組織がそれを行う。私の住む町内自治会も全戸に知らせる。関係知己の弔問が可能になる。

革新政党の地域の日常活動は生活相談、労働相談など様々である。ただ活文化としての宗教に比較的淡泊とも言われている。革新政党の主たる活動は政治活動にあるにしても、根づいている生活文化としての宗教は地域の人々や関係者の集うコミュテイの場である。被訪問者は感謝の念を込めて弔問を受け入れ、人間関係の契機にもなる。創価学会や自民党の真似をする必要はないが、人の集まるところに軽視があってはならないと考える。

革新政党や民主団体は同居の物故者を含めて所属する関係者に丁重な周知・案内をすべきであろう。そうすることで当事者は慰められ、組織の団結の強化に繋がると思われる。終わりに宗教における生活様式の著しい変化が進行していること触れたい。それは宗教観の変化である。加えて少子化の影響もあり、寺社の人的・経済的維持の困難が広がりつつある。

樹木葬や散骨が増えている。私の二人の知人は散骨だった。寺に所属せず、墓も持たない人が増えている。霊園も遺骨の保管場所の観さえある。菩提寺・檀家制の崩壊過程とも言える。

生活文化としての宗教の変化は、コミュニティの場である葬儀の形態にも現れている。一般弔問はおろか、親戚の弔問すら遠慮を請う「家族葬」も増加しているという。今世紀の中葉には生活文化としての宗教のあり方は今と比較にならない時代的変化を遂げているのではないだろうか。

しかしである。いまを生きる多数の人々は、生活文化としての宗教を継承する慣習に、著しい変更を加えないと思われることも確かではないだろうか。

一一話　私と日本共産党

やはり体験的な日本共産党論を書いておいた方がいいと思う。勇んで書きたいわけではない。気分が重くなるからだ。でも書くことにした。残りの人生も少ないし……視力低下で書けなくなる怖れも近づいているからだ。

私は同党に関する本を四冊出版した。いずれも同党を批判したものだった。テーマは、私が同党から党員権の停止処分受けた「新日和見主義事件」のことである。同一テーマで四冊出版した例は日本共産党史上にも少ないだろう。

著書は左記のとおりである。

『汚名』（一九九九年、毎日新聞社）

『虚構』(二〇〇〇年、社会評論社)
『実相』(二〇〇八年、七つ森書館)
『総括』(二〇一〇年、七つ森書館)
各書ともそれなりの関心をもって読まれたようだ。
私は四冊の本で同事件をほとんど語り尽した。ここで再論するつもりはない。
二〇一六年の参院選は自民党・公明党・おおさか維新・日本のこころの改憲四党に対し、民進党・共産党・社民党・生活の党の野党四党が選挙協力を組んだ。初めてのことだった。私は共産党を離党して一九年近くになる。しかし近在の党員に限れば、選挙の支持・支援要請は受けたことはない。参院選も同じだった。いまに始まったことではない。離党以来ずっとそうである。
それどころか、私の居住する市議会議員選挙では「赤旗」に折り込む選挙ニュースを外されたことも一度あった。管轄の党機関が指示したものだった。懸命に市議選勝利の活動をしていたにもかかわらずである。
私への「赤旗」配達は数人でやっているらしい。「読者を大切に」「読者は戦友」などという言い方があるものの、配達者の誰からも挨拶や訪問を受けたことがない。黙って配達していくだけだ。電話をもらったこともない。商業新聞の配達者は時々話しかけてくるが、「赤旗」の配達者からはいっさいない。無視という言葉が適語だろう。

私は突然妻を失った。生前、妻とともに「赤旗」日曜版を配達していた。私や妻が増やした読者である。離党後も日曜版の拡大・配達・集金は引き続きやっていた。

ところが妻が亡くなったら、配達用の「赤旗」日曜版が来なくなったのだ。問い合わせると共産党の県担当部門の人がやってきた。私たちが配達していた分は他の党員が配達するようになったと言う。再配達の依頼はなかった。購読者は全員、妻か私の知人である。知らない人が突然配達するようになったのだ。しばらくすると全員購読をやめてしまったという。新しい配達者と馴染みがなかったからである。

共産党の集会や催し・ニュースや重要な事件があっても近在の党員や配達者に限れば、知らせてくれる人は誰もいない。

私は一〇冊以上の本を出版した。先記したように、うち四冊は同党を批判したものだった。私への同党の対応の根源はここにあると思われる。

共産党に限らず、政党や政治的・思想的団体は批判されることを好まない。過剰反応する場合もある。反論権は当然かつ完全に承認される。

批判と反批判は表現の自由の根幹的な構成部分の一要素である。日本国憲法は表現の自由、出版の自由を決定的に重視する。

冒頭に記したとおり、四冊の本は離党後に出版したものである。私は一九七〇年代初頭に起こった新日和見主義事件で共産党の反党・分派主義者の一人と認定され、処分を受けた。しかし私を含む一定数の人々は冤罪だった。冤罪の根拠は『実相』『総括』に詳しく述べてある。

殺人事件を含めて検察・警察による冤罪事件は少なくない。社会主義・共産主義政党にあってはどうだったであろうか。世界の共産主義運動にはスターリンや毛沢東など、数多くの弾圧・冤罪事件があった。

私は共産党からの処分を受けた後、二〇数年間も我慢していた。しかし、どうにも納得できず、同党中央に新日和見主義事件の再審査を求めた。回答は再審査の拒否だった。私は熟考の末、離党を決意した。

共産党員は党と異なる見解を自由に外部に発表できない。その旨、規約に定められている。離党すれば同党規約に拘束されない。離党後に公表した私の四冊の本は完全に表現の自由、出版の自由のカテゴリーにある。

テーマは同党の政策全般を批判したものではない。私に係わる一つの処分問題に限った意見であった。いずれも事実問題に限って論及したものである。創作は一つもない。

共産党は四冊の本に何の反論もしなかった。取るに足らないと思ったのかもしれない。

しかし当時同党中央で本事件に係わった人は、私の著書をこころよく思わなかっただろう。私の近在の共産党員・「赤旗」配達者が私に接触してこないのは、四冊の本にあることは論をまたないだろう。問題ある人物（または反党分子）として、共産党中央↓中間機関を通じて私の居住する同党組織にも徹底・貫徹されているものと思われる。

日本共産党にひとたび要注意人物としてリストアップされた場合、それを払拭するのは容易なことではない。新日和見主義事件から四四年を経た率直な感想である。

残念ながら、もう一つ指摘しなければならないことがある。既述のように、私は二〇一四年に『ルポ　三つの死亡日を持つ陸軍兵士』（本の泉社）を出版した。後述するが、私の父は敗戦で武装解除を受け、ソ連の捕虜としてシベリアに抑留された。どこで死んだか分からなかった。公式書類には三つの死亡日が記録されている。

私は旧ソ連・ロシアに一回、旧満州・中国東北三省を二回尋ね、ようやく父の死亡場所を捜し当てた。死後六六年たっていた。筆舌に尽くし難い、悲惨な最後だった。埋められた思われる所の石ころを拾い、父の空の骨壺に入れた。本書はその全記録である。

文中、私はスターリンと日本軍国主義・関東軍司令部も徹底的に批判した。本は森村誠一の推薦を受けた。日本図書館協会の選定図書の推薦も受けた。

ところがである。共産党と関係の深い月刊文学雑誌の広告掲載が拒否されたのである。

本は新日和見主義事件と何の関係もない。まさかのまさかだった。先の四冊の本を出版した私が問題だったのだろう。関係者間の綿密な調査に引っ掛かってしまったのだ。

私は共産党と、その関係者にお願いしたい。もう、こうしたことはやめてほしい。「坊主憎けりゃ、袈裟まで憎い」はやめてほしい。無視するのもやめてほしい。「党はやはり怖い」と思われるからだ。やめることは共産党のためにも必要である。

共産党と意見を異にすることは一般社会では普通のことである。普通でないとすれば、野党共闘など成り立ちようもないだろう。私の場合も一つの意見に過ぎない。同党の政治路線も政策も六〇年以上基本的に支持している。ただ処分に異議を申し立てただけである。人間は誰しも、通常一つや二つ納得できないことを抱えているものだ。「国民連合政府」や「野党連合政権」を提唱している共産党である。もっとおおらかになってほしい。

同党の第二七回大会決議案を引用しよう。

「全国規模での野党の選挙協力の追求という新たな道に踏み出した。この提唱は『野党は共闘』という多くの市民の要求にこたえ、『私たちも変わらなければならない』と思いを定めたものだったが、……わが党がこうした決断ができた根本には、社会発展のあらゆる段階で、当面する国民の切実な要望にこたえた一致点で、思想・信条の違いをこえた統一戦線によって社会変革をすすめるという、党綱領の生命力がある」

ここには憲法上の表現の自由、出版の自由、批判と反批判の自由、異なる見解の自由が包摂されているものと思われる。決議案が言うように、「私たちも変わらなければならない」を是非実践して貰いたいものである。

私の住む街や、県内外の少なくない共産党員と親しくしている。彼らの要請を受け、選挙やカンパに協力していることも付記して本項を終わりたい。

一二話　「勝ち組」「負け組」

一九九〇年代に入り、流行った言葉に「勝ち組」と「負け組」があった。長い間頻繁に使われた。日本人に定着したネーミングの一つかもしれない。しかし、その頃に較べると使用頻度は減ってきた。

「勝ち組」「負け組」の言葉が使われ出した背景には、日本経済の低迷が関連していた。低迷は四半世紀も続いている。

パブル崩壊前の高度成長期には人それぞれ努力すれば、ある程度生活できる条件が残されていた。一億総中流とも言われた。あえて「勝ち組」「負け組」に分類する経済的必要性もなかった時代だった。

一九八〇年代半ばに入ると、プラザ合意を経てパブル崩壊の時代に向かって行った。しかし「勝ち組」と「負け組」に分かれていく時代になった、という認識は人々になかった。気が付かなかったのである。そのうち日本経済は上向きに戻るだろう、という楽観的観測が流れていた。一九九〇年代初頭はそんな時代であった。ところが四半世紀に及ぶ経済不況・デフレに向かう入り口だったのである。二度の消費税増税がそれに拍車をかけた。賃金は上がるどころか下がっていった。人々は高度成長期のように「モノ」を買えなくなった。消費不況の到来でもあった。

低迷や不況の時代に入り、しばらくすると上手に立ち回り金儲けする者や、「うま味」のある役得者が出てきた。高度成長時代にもそのような人々はいたが、それなりに生活できたのであまり気にしなかったのである。

パブル崩壊後、生活不安が高まるなかで、上手に生きる人々が次第に目を引くようになってきた。「勝ち組」と「負け組」に分けやすい状況が生まれたのだ。

この言葉が使われ出した頃、「勝ち組」のように頑張れば「負け組」にもチャンスがあるのだ、という「負け組」への激励の意味も込められていた。しかし気休めの言葉に過ぎなかった。

「勝ち組」と言っても比率に直せばきわめて少数である。「枠数」は限られていた。それどころか政・官・財が一体となって、不安な労働・生活実態を増加させる政策を促進させた。労働者派遣法のたび重なる資本家的改正で非正規労働者は約四〇%になってしまった。彼らの収入の多くは二〇〇万円以下である。子供の六人に一人は貧困家庭のなかにいる。三食食べられない欠食児童や栄養不良児が増え、健全な成長が危惧されている。結婚できない賃金のため、未婚者は三五%以上だ。頑張ればなんとかなる、という根拠はほとんどなかった。「勝ち組」「負け組」の区分が深刻な長期不況で意味のない言葉になってきたのだ。この言葉を当てはめる悠長な時代状況は過ぎ去っていた。

安倍内閣は「一億総活躍社会」と勝手なことを言うが、現実は「一億総『負け組』社会」である。ここにこそ「勝ち組」「負け組」の言葉が次第に使われなくなってきた背景と本質がある。

論点を広げてみよう。

第二次世界大戦で勝ったアメリカを「勝ち組」、負けた日本を「負け組」で括っていいのか。ここには「勝ち組」アメリカにより、二一万人の生命を一瞬にして奪った許すことのできない広島・長崎原爆投下の事実が出てこない。「負け組」日本帝国主義には植民地主義と侵略戦争の犯罪の事実が出てこない。

問題の所在を変えてみよう。スポーツの勝ち・負けでも、恋人の争奪戦でも敗北した方が「負け組」とは限らない。人生の達成度、充実度は後の人生で決まる。

翻って私事を「勝ち組」「負け組」で見てみよう。私は一九七〇代初頭、ある組織から処分され、権利を停止された。この場合、処分した方が「勝ち組」で、された方を「負け組」と言えるのか。おかしな分け方になってしまう。しかし私を含む少なくない人々が後に冤罪・無実だったことが明らかになった。誤認処分だったのである。この場合、逆に私などが「勝ち組」で、誤認した方が「負け組」になるというのか。これもおかしな話である。

結びに入ろう。私は成功者や、利益を得た人や、勝負に勝った人と、そうでない人などを「勝ち組」「負け組」に分けること自体が不合理であると考える。実情に合わないのだ。事実はそれほど単純なものではない。それ故この区分けが廃れつつあるのではないだろうか。

第三部

戦争、慰安婦、核、原発

一話　「三つの死亡日」と六六年目の真実

私は二〇一四年八月一五日、六九年目の敗戦の日に『ルポ　三つの死亡日を持つ陸軍兵士』（本の泉社）を出版した。父と母のことを書いた本である。最初に本項の結論を述べよう。

「戦争は絶対に許せない！」

両親は典型的な戦争犠牲者である。この本ではつらすぎて、悲しすぎて書かけなかったことがあった。この際書くことにした。告発と糾弾の意志を込めて簡記する。

私の父は三つの死亡日を持っていた。いずれも公文書に記載されている。

父は敗戦三ヵ月前、満州・遼陽市（現遼寧省）でソ満朝国境の琿春・二四七連隊に現地召集された。四〇歳の老兵だった。

満州を守備する関東軍の主力はもういなかった。敗北に次ぐ敗北の南方に転戦していたのだ。武器も人員も決定的に不足していた。兵員の海上輸送は米艦船の攻撃で困難だった。

補充は内地から穴埋めするより、満州の居住者を召集する方が手っ取り早かった。満州の全域で現地召集が実施された。父もその一人となった。人生五〇年と言われた時代の四〇歳である。この年代の召集は内地では考えられないことだった。二〇代や若者はすでに召集され、対象者はいなかった。

敗戦直前の満州二五万人召集で、開拓団や満州北辺には老人、女、子供だけになってしまった。

一九四五年八月九日、父の部隊はソ連軍の猛攻を受け、後背の山岳地に追い込まれた。無条件降伏のあと、父らはソ連軍の武装解除を受け、捕虜としてシベリアの奥地に連行された。以後、どこで死んだか分からなかった。

ところが二〇一〇年以降、父の死亡地を示す新たな資料や証拠が次々に発見されはじめた。私はそれらを一年半かけて突き止めた。この間ロシア・シベリアの奥地に一回、牡丹江やソ満朝国境を二回尋ね歩いた。

二〇一一年、私はついに父の眠る地に辿り着き、ひざまずくことができた。父の死から六六年目のことだった。

『ルポ　三つの死亡日を持つ陸軍兵士』はそこに到る事実と探索の全記録である。

父の戸籍は次のように記載している。

「昭和二〇年八月一三日（時刻不詳）満州国関東省琿春ニ於テ戦死、静岡地方世話部長廣瀬誠治報告、昭和二二年二月二八日受附」

昭和二〇年八月一三日は、父の属した二四七連隊がソ連の戦車軍団に徹底的に押し込まれ、絶望的な体当たり攻撃や切り込み作戦を敢行していた時期である。

一方、家の位牌に記された命日は昭和二〇年一一月二五日である。この日を知らせてくれたのは父の戦友だった。

静岡県庁に戦死者を個人別に記した本籍地名簿という書類がある。そこには昭和二〇年一月二五日戦死と書かれている。しかし、この日はまだ応召していない。だから昭和二〇年一月二五日の戦死はありえない。当時の混乱した社会状況の証左であろう。

戦死公報も伝聞情報の場合があり、正確さに欠けていた。戦死公報が入ったので葬式を執り行い、墓まで建てたが帰還した、などの例は枚挙にいとまがない。だが逆の場合もあった。父の本籍地名簿に昭和二〇年一月二五日と書かれたのは何らかの誤情報からであろう。

人が死ぬのは一回だけである。三回も殺されたのではたまったものでない。まさに戦争のなせる「業」だ。これほど理不尽なことは平和な環境であれば絶対に起らない。

戦争がもたらすおぞましい記載上の事実だ。

二話　死への道

▼第一段階

父が入隊した一一二師団・二四七連隊の主任務はソ満国境・琿春後背地の小盤嶺に主陣地を構築することだった。現地応召兵は入隊点呼のあと、ただちに投入された。ソ連軍の進攻が迫っていたからだ。一刻の猶予も許されなかった。

作業は対戦車溝や、塹壕や、タコ壺掘りだった。新兵に渡る武器弾薬は少なかった。現地応召兵が軍事訓練を受けることはほとんどなかった。武器がないから必要性がないのだ。

戦争犠牲者・父の苦難がこのときから始まった。馴れないツルハシやシャベルを使い、体験したことのない過酷かつ凄まじい作業だった。紡績技術者の父がほとんど手にしたことのない道具類だ。

わずかの休憩を除き、朝から夜まで三ヵ月も続いた。たちまちマメができた。手は血にまみれた。

ソ満朝国境でも六〜八月は夏の盛りである。裸の作業で皮膚は剝《む》れあがった。真っ黒になった。骨身にこたえた。夜は死んだように寝るだけだった。

「琿春二五会」が編集した『歩兵第二四七連隊概史』という冊子がある。「琿春二五会」は満州の幹部候補生の教育隊に二四七連隊から派遣された下士官を中心に作られた会である。

一一二師団は二四六連隊、二四七連隊、二四八連隊、挺進大隊、野砲兵一一二連隊、工兵隊、通信隊からなっていた。しかし総合戦力は在来中堅師団の三五パーセントほどの実力しかなかったという。

二四七連隊は未教育の補充兵が五〇パーセントを占めていた。天幕生活で陣地構築に従事していた。将校は兵の氏名掌握すら十分でなかった。

第四中隊長は左記のよう記している。

「琿春地帯は岩山で、タコ壺陣地を掘るのも苦労が多かった。猛暑のなかで上半身裸になり、黙々とタコ壺を掘る兵に涙した」

父ら現地応召の老兵を指しているのだ。鬼のような将校・下士官が陣地造りの過酷さに「涙した」と言うのである。想像を超える。

▼第二段階

『歩兵第二四七連隊概史』と兵士の証言。

ソ連軍進入時、新兵は手榴弾の訓練すら受けていなかった。倉庫から搬出すべき武器弾薬はソ連の戦車に阻まれ、小銃一丁に銃弾五発しか配られなかったという。

ソ連軍の怒涛の進撃が始まった。数箇所の国境陣地で激しく抵抗したが、ソ連軍は全方面で国境を越え、要塞を突破した。

いくつかの戦闘に触れておこう。

国境・馬滴嶺の五四五高地上の地下壕は手榴弾、ガス弾を投入され全滅した。続いて麓の主力兵舎が攻撃され多数の戦死または不明者を出した。

二四七連隊は南から北に向かって第一大隊、第二大隊、第三大隊を並列させた。ソ連軍はT―三四戦車を中心に猛烈な速度で進攻し、本格的な戦闘を開始した。しかし日本軍は機甲部隊を阻止すべき火砲、戦車、飛行機はなく、寥々とした山砲で応射する程度であり、交戦半日足らずの集中砲火で戦闘力を失った。

第三大隊・九中隊主力は腹背に攻撃を受け、手榴弾戦となり死傷者続出、中隊長は残存者を指揮してソ連軍に突撃、三名を除き中隊長以下全員玉砕した。

第一大隊は夜襲切込みを敢行した。しかし死傷者が続出、砲も破壊され、ようやく陣地を脱出した。

ソ連軍は八月一三日午前八時頃、父らの第三大隊・八中隊を攻撃してきた。兵力をますます増加させたソ連軍の前に闘う術はなく、生き延びた兵は山陰に逃げ隠れるしかなかった。

第四中隊長は、二四七連隊の半数以上が戦死したと書いている。同連隊がいかに激しい攻撃に晒されたか示すものである。

ソ連の戦車が通る道路などの両脇にタコ壺が掘られた。タコ壺は、兵が爆弾を抱えて敵の戦車に突っ込むためのものだ。兵たちは司令部や上官の命令で「骨瓶＝コツガメ」と名付けられた急造爆弾と、三日分の食糧を持たされ、タコ壺に潜り込まされた。

「コツガメ」は三〇センチほどで、なかに爆薬を詰めてある。戦車が直前に現れるまでじっと堪え、キャタピラに向かって突進・体当たりするのだ。「コツガメ」とはよく言ったものである。形も骨瓶に似ているが、体当たりすれば微塵に砕かれ、自身は骨瓶に入ることすらできない。

タコ壺に潜まされた兵たちは、恐怖のあまり身体が硬直した。くいしばった歯で顔は固まり、目は吊り上がった。三日分の食糧は最大、生命が三日であることを宣告されたと同じだ。

日本軍伝統のタコ壺攻撃はほとんど成功しなかった。兵たちは敵に発見されたか、身を乗り出したところ、よくても体当たりの途中で銃火を浴びた。タコ壺やその周辺はのけぞって虚空をつかんだ兵、顔形のない兵、キャタピラに蹂躙された兵等々、散乱していた。兵たちは突撃隊にも駆り立てられた。爆薬や手榴弾を身体に結びつけ、移動地雷原となってソ連軍に突進するのだ。

現地応召の兵たちの多くは手榴弾を二個持たせられただけだった。ほとんど手ぶらである。私と面談した二四七連隊の元兵士・清田春夫は「手ぶら」と言っている。

私は父の戦友捜しで広島へかなりの手紙を出した。二四七連隊の広島の元兵士・窪田は二〇歳の現役兵でありながら、持たされた武器は銃剣術用の木銃と手榴弾三個だったという。彼は一九歳の繰り上げ召集で、新兵を指揮する立場にあった。現役兵だから優先的に銃が与えられてしかるべきである。しかし木銃しか持つことができなかったのだ。

同じく同連隊・広島の山岡は父と同じく五月に現地召集され、歩兵砲中隊に配属された。

ところが、その中隊に砲がなかったという。

輜重隊にいた清田春夫は言う。

「約七里くらい奥の山の陣地へ食糧などを輸送しました。弾薬は輸送しなかったです。弾薬はなかったからです」

弾薬を運ぶ輜重隊に運ぶべき弾薬はなかったのである。

ソ連軍の国境突破で非常呼集された二四七連隊は小盤嶺の主陣地に隊伍を張った。ソ連軍が攻撃してくれば身を隠すより他になかったのだ。腰の手榴弾の二～三個は最後の突撃や、いざという時のために大事にとっておかなければならない。

切り込みも果敢に行われた。銃剣や日本刀をひっさげて敵陣に切り込むのだ。これは夜間行う。ソ連軍が各所に設けた陣地に密かに匍匐前進し、敵が銃器使用にいたる前に不意打ちする戦法だ。いわば肉弾戦である。

しかし切り込み隊もタコ壺突撃と同様、ほとんど失敗した。ソ連軍は機関銃や自動小銃で武装されているからだ。

切り込み命令を受けた兵たちは恐怖にすくみながら、決死の覚悟で敵陣に突っ込み、あるいは手榴弾を放り込んだ。指令部や上官たちは「ソ連兵は夜目が効かない」「青い眼の人間は鳥目だ」と言って兵を突撃させた。勇敢に切り込んだ兵たちの多くは敵弾になぎ倒された。

私と対談した機関銃中隊の大池恭平のような若い下士官たちは破れかぶれであった。敵が「ガサガサやってくる」ので、機関銃では到底太刀打ちできず、「ぶち負けちゃった」のである。機関銃隊は八丁の機関銃を保持していたが、七五人中五二人がソ連の戦車攻撃などで殺された。戦死率・約七〇％である。いかに完膚なきまでに叩き潰されたかを示している。

機関銃隊は二四七連隊のなかで、武器弾薬が比較的あった方だという。破れかぶれの大池ら若い下士官たちも必死の反撃を試みた。機関銃隊に多数の戦死者が出たのもそのためであろう。

機関銃隊はソ連軍の猛烈な攻撃目標の対象になった。激しい攻撃で兵たちは次々に斃れていった。結局、大池の陣地は四人になってしまったという。

手紙を寄せてくれた広島の二四七連隊の山内は次のように記している。

「師団指令部に移ってまもなく、終戦二日前であったと思います。師団指令部より『今夕八時を期して進入せるソ連軍戦車を邀撃せよ』という命令を直接耳にいたしました。突入した部隊はソ連戦車群に蹂躙され、終戦を知った頃には無残な姿の連隊長のもとには六名の部下しかいなかった、とのことでありました」

連隊長のもとに六名しかいなかったということは、二四七連隊はほとんど指揮命令系統を失い、壊滅的な敗北を喫していたことを示すものである。

ソ満国境の悲惨な戦闘は約一週間続いた。タコ壺のなかや、切り込みに向かわせられた兵たちに去来したものは何であったのか。二等兵の清田春夫は兵士の心中と戦意を率直に証言した。

「実際問題として戦意はなかったね。全般が。兵隊の経験のない人ばかりの集まりだから。各自に銃を持たせてやるならばともかく。向こうから撃ってくるけど、こっちは何もないのだから、撃ってくれば逃げるしかない」

兵たちは山間を逃げまどい、後方に退却するしかなかった。山陰や樹木に身を潜めながら、再び待ち伏せ攻撃の陣形をとった。ソ連軍が進攻してきたとき「総突撃せよ」の命令が司令部より下っていた。山をいっせいに駆け降り、戦車やソ連兵に最後の体当たり攻撃を加えるのだ。

敵戦車に夜襲をかけるため、兵たちは山の雑木林のなかに手榴弾を持って潜んでいた。眼下にソ連の巨大な戦車が不気味な砲口を向けている。わずかのあと、わが身が粉みじんになることをひしひし感じながら突撃命令を待ち受けていた。喉がカラカラになる緊張の一瞬だった。

固唾をのみ、その瞬間を待っていた昭和二〇年八月一七日の夕刻のことだった。思いもよらぬ情報がささやくように伝わり始めた。

「停戦」「……」「停戦」「……」「停戦」「……」「停戦」「……」「停戦」「……」「停戦」「……」。

それはやがて押し寄せる波のように伝わってきた。

しばらくのあと、「停戦」を喜ぶ声が兵たちに広がった。

以上も私が対談した二四七連隊の元兵士、清田春夫の話である。日本がポツダム宣言を受託し、無条件降伏したのだ。

▼第三段階

一一二師団・二四七連隊は八月一七日～一八日に小盤嶺近くの密江峠でソ連軍に武装解除され、同日中に琿春飛行場に収容された。さらに八月下旬になると将校、下士官・兵に分けられ金蒼収容所に移動した。

父は三ヵ月にわたる死ぬほど過酷な陣地造りも終わらない一九四六年八月九日未明、ソ連軍の戦車軍団の猛攻を受け激しい戦闘に遭遇した。連隊の半数が戦死する激しい戦いだった。父は生き延びることができた。幸運だった。過酷な作業と戦闘を潜り抜けたのだ。

しかし、それまでと決定的な相違が生じていた。捕虜という敵軍の支配下に入ることになったのである。

死への道の第三段階が始まった

金蒼収容所は周囲を小高い山で囲まれ、ソ連軍が監視しやすい、見渡しのよい原野だった。

同収容所は七九、一一二、一二八の各師団など、捕虜総数・約一万四千人に達した。ソ連軍は日本人捕虜に労働させるため、約一千人を単位に作業大隊を編成した。命令したのはスターリンである。旧ロシアやソ連には囚人や捕虜を刑罰的に労働させる慣習があった。日本人捕虜も格好の対象となった。

二四七連隊の下士官・兵は第五二作業大隊と第五三作業大隊に編入された。

一九四五年九月二二日～一〇月七日、ソ満国境・琿春経由でシベリアのコムソモリスク地区、同地区東方のムーリー地区、北方のフルムリ地区の収容所に送られた。父は五三作業大隊だった。

日本の捕虜総数は約五七万五千人もの多数にのぼった。スターリンにはよだれの出る膨大な数である。報酬なしのタダ働きだ。

戦闘をかい潜ったが、捕虜となってから殺される者、病気になって死ぬ者が出始めた。逃亡や、空腹のため畑荒しを行った者は銃殺された。不衛生は病気や死亡の原因になった。

おびただしい死が短期間にやってきた。

金蒼収容所からソ満朝国境に向けた捕虜のつらい徒歩移送が始まった。ソ満朝国境周辺のぐるぐる回りや、途中待機などで半月近くもかかった。

季節は一〇月に入っていた。北域の寒さや貧弱な給養が衰えた捕虜の肉体をむしばんでいた。軍服一枚を通して地面から直接伝わる寒気は、彼らの肉体をさらに消耗させた。やたら寒い日々が続いていた。病気や体調不良者が激増していった。

国境を越え、ソ連領に入ったのはそんな頃だった。ソ連兵は日本人捕虜に「東京ダモイ」と言い、歩かせた。「ダモイ」とは帰国というロシア語である

捕虜たちはソ連領に入ると、しばらくの徒歩の後、貨物列車に乗せられた。誰もがやっと過酷な移送から解放されたと思った。いよいよナホトカか、ウラジオストックから懐かしい故国に船出できるものと心待ちにしていた。しかし汽車の旅が終わり、ソ連兵の自動小銃に促されて下車したとき、完全に騙されていたことを知った。厳しい徒歩移送に励みを持たせるための卑怯な欺瞞であった

汽車から降りると雪が降っていた。そこは別世界だった。シベリアの奥地であることを直感した。捕虜たちはコムソモリスクをなかに挟み、北はフルムリ、東はムーリーに送られた。

一〇月一五日、父はおそろしく奥地で、高地の「?収容所」に入れられた。ムーリー地区のペレワール・コスクランボであることなど知りようもなかった。栄養失調で動くことすら困難だった。降りしきる雪と寒さは病弱者の父と父の死を知らせてくれた戦友にとり、ことのほか辛かった。

厚労省に逆送概況表と逆走一般の概況という資料がある。既述したとおり、父の命日は一九四五年一一月二五日である。しかし一一月二五日がどこか分からなかった。逆送概況表と逆送一般の概況がそれを解決してくれたのである。概況表によれば金蒼五三作業大隊に編入された二四七連隊の父ら逆送者は一一月一五日に黒竜江省・牡丹江市の掖河収容所に到着していた。父の死亡地が液河収容所であることが確定したのである。

労働・使役に耐えられない五三作業大隊の病弱者は捕虜収容所に到着した二週間後の一一月三日、早くもムーリー地区のペレワール・コスクランボ駅に集結させられ、掖河収容所に逆送されていたのだ。

逆送者たちは金蒼収容所か、移送中に病気に侵されたと思われる。労働に耐えられない捕虜をシベリアまで連行しながら役に立たないことを理由に、治療することなく一〇パーセント近い四万七千人を満州と朝鮮に送り返したのだ。連行しなければ病態の進行を食い止められた可能性もあっただろう。恥ずべき行為である。

逆送はどのような状況下で行われたのか。逆送一般の概況の一部を示しておきたい。読みやすくするため筆者の責任で句読点を加えた。

《全体の状況》

(1)終戦後入ソした人員は、戦闘或は終戦後の混乱に加えて行軍並びに輸送間の疲労と収容所到着後の施設給養等、極めて不備にて各収容所とも患者を多発したため、之等作業に堪えない患者は入ソ直後の二〇・一〇中旬頃から翌二一・八上旬の間に亘り、それぞれ満州及び北鮮の各地に逆送された。

(2)逆送された者は何れも患者であり、且一部重患者もあり、特に二〇年末頃までの冬季間の輸送に於いては施設給養等極めて悪く、輸送中において既に多数の死亡者を出し、更に満・鮮地区到着後は各地の受入態勢不備のため発疹チブス、赤痢等の発生を見るに至り、手のほどこし様もなく多数の死亡者を出すに至った。

(3)前述の様な状態に拘らず、之等の患者は何れも各収容所からの寄せ集めで、部隊の建制は完全に崩れ、組織として何等見るべきものもなく、個人毎には他を省みる余裕のない悲惨な状態で輸送されたものであるから、人員氏名の掌握等は極めて困難の状態である。

《牡丹江地区逆送群》

(1)牡丹江地区にたいする逆送は、東ソ地区の各収容所から二〇・一〇中旬より二〇・一二下旬に亘る入ソ直後に行われた。

(2)東ソ地区に入ソした部隊は、主として東満に終結した戦闘実施部隊が多く、戦闘・武解・入ソ等の行動間に於いて既に疲労困憊し、更に入ソ後の収容施設等も中・西ソ地区（中部、西部ソ連）に比して悪く、患者多発（患者のまま入ソした者もある）したためこれ等の患者を収容所・病院等から集めて逐次自動車又は列車梯団を編成して頻繁に牡丹江地区の各収容所に逆送されている。

(3)この時期の逆送は極寒時の輸送にも拘らず、輸送施設、給養等極めて悪く輸送途中に於いて既に一割程度の死亡を出した模様である。

(4)牡丹江地区（拉古、謝家溝、掖河）到着後は各収容所とも受入態勢極めて不備のため、特に医療施設等ほとんど見るべきものなく、到着患者は二週間位の間に極めて多数の死亡者を出し、死亡者の氏名掌握等は非常に困難の状態にある。

(5)一部は作業大隊として入ソして下車駅到着と同時に患者多発の故を以って収容所に入ることなく、作業大隊のまま同じ列車で拉古に逆送された梯団もある（金蒼六〇作業大隊）。

逆送一般の概況は恐るべき悲惨の実態を伝えている。逆送者は重症患者を含む病人であること、逆送中に多数の死亡者が出ていること、逆送されても受け入れ態勢が不備なため、発疹チブスや赤痢などの伝染病に罹患し、手のほどこしようもなかったこと、逆送者は各収容所から寄せ集められたため組織的な体制もなく、他人を省みる余裕のない悲惨な状況下にあったこと、等々が記されている。

金蒼収容所の六〇作業大隊は下車駅に到着したが患者多数のため、そのまま拉古収容所に逆送されている。

逆送概況表によれば、二四七連隊の五二作業大隊も六〇作業大隊と同じだった。五二作業大隊はコムソモリスク地区に送られた。昭和二〇年一〇月一二日〜一三日にコムソモリスク駅に到着し、身体検査した結果、同日中に梯団の一括逆送が決定され、一週間後に牡丹江の関東第八病院と謝家溝収容所に送り返された。こうした例は少なからずあったと思われる。

金蒼収容所の一四の作業大隊、一万四千人の実態は悲惨さにおいて特筆される。

二四七連隊の一一二師団を含む東ソ地区の部隊は、戦闘実施部隊が多く疲労困憊していたうえに、中・西ソ地区に比べて収容施設も悪く、患者が多発した。そのため牡丹江地区逆送者群の約一割が途中で死んだ。逆送概況表中に、途中死亡者は停車駅の野原で埋葬されたり、貨車で他に運ばれたりしたと書いてある。

多くの抑留記やシベリア体験記が語るように、ソ連各地に送られた捕虜たちは移送間中、牛や豚のごとく貨車に詰め込められた。大小便は垂れ流し状態で、発疹チフスなど伝染病をさらに拡大させたという。東ソ地区の収容所行の貨車も、逆送中の貨車もほとんど同様であったことだろう。

収容所は見るべき医療施設もなく、到着後約二週間で多数の人々が死んだ。掖河収容所は敗戦前に掖河病院と称したものの、逆送者の到着当時の医療体制はほとんどなかったと思われる。

五三作業大隊の父と戦友は、収容所到着後の間もない昭和二〇年一一月三日に寄せ集められ、一一月一五日に掖河収容所に逆送されていた。金蒼収容所または移送間に病気になったのだろう。五二作業大隊や六〇作業大隊と同じような状況下にあったと思われる。

そして一〇日後の一一月二五日、ついに最期の日を迎えたのだ。多数の人々が亡くなった到着後二週間以内のことだった。

牡丹江に約八五〇〇人逆送された。そのうち掖河収容所だけで約三〇〇〇人斃死した。牡丹江には掖河収容所以外に発達溝収容所、拉古収容所、謝家溝収容所もある。逆送一般の概況から推測しても牡丹江逆送者・約八五〇〇人中、生き残った方が少ないのではないだろうか。

父の戦友は生還した。幸運の持ち主だったのだろう。父は死に、戦友は生還した。その差を分けた「生」と「死」は何であったのか、私の胸裡を激しく揺さぶる。

逆送者は各収容所の寄せ集め集団で、他を省みる余裕もなかった。しかし父と戦友は二四七連隊・第八中隊の兵士だった。二人は昭和二〇年五月一九日に召集された同年兵だった。その二人が病弱者の理由で、同じ日に、同じ掖河収容所に逆送されたのだ。父と戦友のような関係者が、一緒に逆送された例は少なかったであろう。二人はこの点でも強い絆で結ばれた。父が戦友に見取ってもらったことは幸いだったとしか言いようがない。

数少ない復員者となった戦友は、母に父の最期を知らせてくれた。しかも父の遺骨(筆者注、遺髪と推測)と形見のお守り、印鑑も持ち帰ってくれたのである。戦友がいなければ、どこで死んだか分からなかった。お守りも、印鑑も届かなかったかもしれない。私は父と戦友の生死をかけた友情に深甚なる敬意を表したい。

逆送一般の概況は、氏名の掌握が非常に困難だったと記している。概況が作成されたのは一九五三年(昭和二八年)三月のことだ。そのときからでさえ六三年の歳月が流れている。日本人を捕え収容した国は旧ソ連と、それを引き継いだロシアである。逆送者や死亡者の氏名を通知する責任はこれらの政府にある。

逆送者約四万七千人中、朝鮮分の二万七千六七一人の名簿が渡されたのは二〇〇五年四月になってからだった。満州分は今日に至るも明らかにしていない。旧ソ連とロシア政府の責任はきわめて重大である。

幼い頃、母から聞いた話で、私の記憶にあることを書いてこう。

父がまだ食べることのできた頃と思われる。

「大根がこんなにうまいとは思わなかった」

ナマの大根だろう。

父は戦友に頼んだ。

「どんなお礼でもするから一緒に連れて行ってくれ」

身動き一つできない死を前にした時期に違いない。

一九四五年一一月二五日の朝、戦友が父の名を呼んだ。返事がなかった。すでに亡くなっていた。

発疹チブス（満州チブスとも言われた）か、赤痢と思われる。

私は『ルポ　三つの死亡日を持つ陸軍兵士』で、父を楽しい夢のなかで死なせたいと考えた。だから、父が満州遼寧省・遼陽市の懐かしいわが家に元気に帰り、妻や子供に大喜びされている姿を描いたのだった。

事実は液河収容所の死の床で、父は言語に絶する悲惨な状況下、四〇歳をもって殺されたのである。

三話　母と子

父が戦争で殺されたとき、母は三四歳の女盛りだった。二二歳で結婚した。中国・青島と満州で希望と喜びの生活が始まった。だが短かった。戦争がそうさせたのだ。

本項の結論を先に言おう。

母は働いて、働いて、働いて、また働いて、そして二〇年後に死んだ。五四歳だった。

▼敗戦、父の会社幹部六名銃殺、帰還へ

恐怖に満ちた生活が始まった。父の会社・満州紡績はソ連軍、蒋介石軍、八路軍（中国共産党軍）に入れ替わり統治された。金を隠した理由で、幹部社員の六名が銃殺された。他の社員は働かされた。布の現物支給はあったが、賃金は支払われなかった。母への支給はなかった。貯金の引き出しはできなくなった。たちまち生活に行き詰まった。

後にも述べるが、母は「商い」の才覚を持ち合わせていたらしい。豆腐を作り、日本人の家に売り歩いた。敗戦から帰国まで一年以上あった。危険にも遭遇した。しかし豆腐を売らなければ生活できないのだ。子供を育てられないのだ。学校は閉鎖されていた。

やがて帰還の準備が始まった。持ち帰ることのできる物は限られていた。手荷物だけである。私も精一杯リュックを背負った。現金は一人五〇〇円しか許されなかった。財産のすべてを失った。戦争は身も、心も、物も、金もすべてを奪い去る。

在満日本人は植民地支配や戦争資金のため、「満州国債権」を買わされた。債券と郵便貯金通帳の持ち帰りはできた。ところが引揚地の援護当局に管理されてしまった。紙屑になったのだ。

三〇数年後、請求により返還されることを知った。博多・援護当局の後継役所から「満州国債権」と貯金通帳が戻ってきた。驚いた。「満州国債権」が一〇〇枚以上もあったのだ。よくも大量・大額買わせたものだ。返還されたからといって換金できるわけではない。国家が国民を騙し、踏み倒したのだ。父の生命を奪い、母子家庭にさせ、財産を捨てさせ、金や「債権」や通帳を巻き上げたのだ。

▼貧しさを生きる

汽車を降りた母は子供を連れ、一〇年ぶりに懐かしい生家に向かって歩き出した。バスに乗らなかった。一人五〇〇円しかない金を使うわけにはいかないのだ。黙々と歩いた。子供も歩かなければならない理由が分かっていた。つらい、つらい三時間の歩行だった。生家の倉庫の六畳間で帰還後の生活が始まった。経済は崩壊していた。田舎に女の働き口などなかった。母は梨を買い、リヤカーで売り始めた。満州の豆腐売りの経験が役立った。しかし利益は微々たるものだった。

食事は「コーリャン」か「すいとん」、「さつまいも」がほとんどだった。米はたまにしか食べられなかった。麦半分の飯だった。それでも美味かった。

梨は季節のものだ。仕事を見つけなければならなかった。母は町に近い所に部屋を借りた。少しは働き口があると思ったからだ。あまかった。徒労に終わった。

また生家の部屋に戻ることになった。借りた部屋は家賃や光熱費もかかる。夜遅く、わずかの荷物をリヤカーに乗せ、生家に向かった。真っ暗な田んぼ道だった。母は突然リヤカーを置き、しゃがみ込んだ。

「ね、一緒に死のう」

母が両手で顔を挟んで言った。

私はまだ「死のう」という意味が分からなかった。ただ母の言うことはいつも聞いてきた。

「……うん」

分からないまま返事した。しばらくしてから上の兄が言った。

「嫌だ！」

帰還以来の苦難が母の脳裏を一気に襲ったのだろう。真っ暗闇のその日を、昨日のことのように記憶している。

▼小箱の「骨壺」を投げつけた母

戦友から父の死が手紙で知らされた日のことを記しておきたい。

生家の倉庫の六畳間だった。天気のいい日だった。障子をあけて西隣のお婆さんと何やら語り合っていた。子供は私だけだった。

郵便物が配達された。見知らぬ人からの手紙だったのだろう。表と裏を二、三度確認したあと読み始めた。みるみる母は震え出した。顔を覆い、大声で泣き出した。私はポカンとしていた。やがてお婆さんは事情を知ったのだろう。慌ただしい動きが始まった。

いつの時期だっただろうか。小さな小箱が届いた。「骨壺」代わりの紙札の入ったものだった。中身を見た母は即座に投げつけた。

「こんな物、何になる！」

「バカにするな！」

立て続けに言い放った。これほど怒った母を見たことはなかった。国は「骨壺」代わりの小箱を遺骨のない遺族に送ったのである。

母が父の三階級特進を知ったときのことにも触れておきたい。陸軍二等兵の父は昭和二〇年八月一〇日、一等兵に昇格したのち、戸籍上の戦死日・八月一三日付けで兵長に昇進した。戦死で二階級特進というわけだ。

作為的なのは戦死のあと、八月一〇日に遡って一等兵に昇格させたから、正しくは三階級特進になる。これは生命をいかに粗末に扱ったか証明するものだ。兵の生命を星の数や金筋で評価し、一見落着にする非人間的形式性を顕わにしたものだ。

母は言った。

「国や軍隊は人のいのちを何と考えているのか！」

そして怒った。

「こんなことで嬉しがると思うのか！」

▼さらなる貧困を生きる

ある日、母は子供を呼び集めた。再婚話が持ち上がったのである。

日本の男は戦場や、兵站や、危険な仕事で数多く死んだ。結婚可能人口は、女の方が一〇〇万人をはるかに超えて多かった。夫を失ったある種の未亡人や、その親は再婚に期待をかけていた。だが再婚の話はたくさんあったわけではなかった。縁談が成立し、幸運に思った人もいたことだろう。

母が子供の顔を見回しながら言った。

「ネェー、お母さんを貰ってくれるおじさんがいるんだって」

続けて言った。

「みんなも一緒にね」

私は「死のう」と言われた時と同じく、よく分からなかった。ただ「新しいお父さんができるのかもしれない」ということは何となく分かった気がした。

上の兄が最初に口を開いた。今度は早かった。

「嫌だ！」

この時のことも実によく覚えている。母は兄に拒否されると、すぐ話をやめた。以後、母は生涯再婚の話を口にしなかった。どんなに苦しくても自分で働き、自分で子供を育てていく決意を固めたのだ。

再婚はしない。生きて行かなければならない。子供を育てなければならない。そして、働かなければならない寡婦の人生が始まった。

母は少しでも賃金を欲しいと思った。隣村で小学校の用務員を募集していた。幸い採用された。当時は家族全員、用務員室に住むことになっていた。

母に厳しい社会を生き抜くための知恵が回り始めていた。給料は安いが六畳の用務員室に家賃が不要だった。光熱費もかからなかった。母はそこに注目した。

困窮生活が始まった。私は次第に、なぜ「貧乏」なのか分かるようになってきていた。母に「おねだり」など、できるものではなかった。履物もなかった。母の下駄で教室に行くのは耐え難かった。用務員室から裸足で廊下に駆け込み、教室に入った。「ゴム靴」を買ってもらったときほど嬉しいことはなかった。

食事の量は決められていた。腹いっぱい食べたことはなかった。いつも空腹だった。いま欠食児童が増えている。非正規労働者や母子家庭の子供に多い。彼らの思いが身に染みて分かる。空腹ほどつらいことはない。

その頃「用務員」の名称は、一般的には使われていなかった。「小使いさん」と言われるのが関の山だった。大人も子供も「お茶番さん」と言った。学校中のお茶を支度するからだろう。私は「お茶番さんの子」言われた。それが嫌で、嫌でたまらなかった。子供ながらも蔑みの意味があることを知っていたからである。

母は用務員として実によく働いた。お茶、宿直教師の食事の支度、授業の予鈴、様々な管理に携わった。途中から給食も始まった。母はそれもやった。本来用務員の行う仕事ではなかった。しかし給食作りの事実上の責任者になっていた。

豆々しく働いた六年間はアッという間に過ぎ去った。ところが、である。

母は解雇を通告されたのだ。村役場の幹部に繋がりのある人が用務員を望んだからだった。通告を受けた母はうずくまって泣いた。

「お母さん、クビだって」

そして言った。

「どうする?」

私は「クビ」の意味が分からなかった。辞めさせられることだと知ったのは、しばらく経ってからだった。

▼働きどおしの生涯

母は隣の町に移った。仕事を得やすい焼津の街に隣接していたからだ。すぐ職を得た。缶詰工場である。そのころ焼津の缶詰は有名だった。女工を多数求めていた。賃金は用務員より安かった。だから長時間働かなければならなかった。食べていけないからだ。早朝の早出、夜の残業。往復一時間、歩いて通った。

缶詰工場は水仕事である。長靴を履き、ゴムの前掛けを付け、立ちどおしだ。帰宅したときはクタクタだったと思う。一日はそれで終わらなかった。いまと違い、ソーセージの魚肉を入れる袋は糸を用いて手作業で結わえた。内職だ。結わえる速度はおそろしく早かった。しかし手にした金は僅かだった。

隣家は仕立屋だった。女用の前掛けも作っていた。母は缶詰工場の女工にそれを売った。満州の豆腐売り、生家での梨売り、今度は前掛け売りだった。生きるため、食うため、全てをそこに注いでいたのだ。だが貧しさは一向に変わらなかった。

私は次第に社会の矛盾や不正に気付き始めた。なぜ母が休む間もなく働くのか、なぜ貧乏なのか分かってきたのだ。母に「あれ」「これ」欲しいなど、とても言えなかった。服や履物は冬休みの「なると巻き」工場のアルバイト料で買った。

私は極力母に従い、協力した。夕食の麦飯焚きは私がやった。竈の薪木に火をつけ、釜で炊く。風呂の支度も私がやった。前の小川からバケツで組み、風呂桶に入れ湧かす。翌日、使用後の湯をまたバケツで捨てる。この作業は本当にきつかった。

母の缶詰工場時代が経済的にも精神的にも最も苦しい時代だった。今でもその頃から逃げ出したい思いに駆られる。

▼子供全員高等教育を受けさせ、家まで建てた

私はあえて言いたい。本当に母は偉大だった。私は、応召直前に父と交わした夫婦の会話を聞いていた。

「子供は学校に行かせてほしい。身に付けなければならないのは教育だ」

父の遺言になってしまった言葉である。死もあり得ることを覚悟した会話でもあった。父は明治の「元勲」・井上馨財団から二度の奨学金を得ている。そのことが脳裏にあったからこその言葉であろう。

母は父の遺言を忠実に守った。子供全員、高校以上の教育を受けさせたのだ。当時、高校へ進学する生徒は少なかった。

さらに驚異的なことがある。母は父のわずかな遺族年金を担保に土地を買い、家まで建

てしまったのだ。驚き以外の何物でもない。いま私はそこに住んでいる。小さな庭に母が植えた木や、運んだ石もある。

残念ながら母の最期を述べなければならない。なぜ身をすり減らして働かなければならなかったのか。繰り返すが父が戦争で殺されたからである。母が働かなければ子供は育てられなかったからである。

一九六四年一二月一四日、缶詰工場から帰った母は急逝した。急性心臓死と推定された。働き続けた人生であった。家を建ててから一年後のことだった。まだ五四歳だった。

四話　懲りない面々

▼韓国元従軍慰安婦、国会で集会

二〇一六年一月二六日、二人の韓国・元軍慰安婦が日本の国会で証言集会を行った。八七歳と八八歳の被害者だった。従軍慰安婦の住む「ナヌムの家」の所長も参加した。彼女たちは安倍首相に謝罪するよう要求した。

高齢を押して来日した理由は日韓両政府の従軍慰安婦問題の「合意」が我慢ならなかったからである。

安倍首相は慰安婦問題の「不可逆的」な解決で合意したと強弁し、韓国が本問題を再度持ち出すことを認めないと述べた。日本大使館前の従軍慰安婦・「少女像」の撤去も要求したのである。

従軍慰安婦や韓国国民が日韓「合意」に猛然と憤ったのは当然のことだった。

安倍首相らは以前から一九六五年の日韓基本条約で法的に解決済みと主張していた。しかし被害者は個々に従軍慰安婦として強制連行されたのである。性暴力を実行したのは日本の軍当局であり、その事実は日本政府も否定し得ないことなのだ。

強制連行は個人に対して行ったものである。日韓政府間にどんな条約や「合意」があっても、日本の国家責任で行った韓国への賠償と、個人に対する謝罪・賠償はまったく異質のカテゴリーに属するものである。

法的解決済み論は到底批判に耐え得ない主張であり、従軍慰安婦ら韓国国民が日韓「合意」を承服しないのは当たり前のことである。

来日した被害者たちは日本各地で証言集会を開催するだろう。

ただ懸念はある。自民党や一部の保守的な人々による「強制連行を示す文書は存在しない」という影響もあり、負の歴史にフタをしたり無視したりする傾向を軽視できないからだ。根底には侵略戦争と植民地主義に対する無反省が強く横たわっている。その主たる責任はあげて自民党など保守的支配勢力にある。

このことは学校教育にも色濃く表れている。別項で記したように、五〇パーセントを超える青年が朝鮮に対する植民地支配を知らなかったという調査にも示されていた。

今回の日韓「合意」で従軍慰安婦問題を風化させようとする安倍首相らの策謀を断じて許すわけにはいかない。

▼日本政府、国連に慰安婦の「強制連行は確認できず」と答弁

二〇一五年八月、国連女子差別撤廃委員会が日本政府に従軍慰安婦問題の報告を求めてきた。

同委員会は「日本に慰安婦の強制的連行を証明するものはないという意見がある。日本政府のコメント求める」と記したものであった。文意からして「ないという意見」に疑問を呈したものと思われる。

日本政府は委員会に正式な答弁書を提出したが、意識的に遅らせたと言われても仕方あるまい。なぜなら慰安婦問題の日韓「合意」を世界にキャンペーンしたあと提出したからである。

新聞報道によれば、答弁書は左記のような文言で構成されていた。

◎日韓政府間で二〇一五年末に最終的かつ不可逆的に解決した。

◎総合的な調査の結果、日本軍と政府による慰安婦の強制連行は確認できなかった。

◎当時の加害者を訴追する考えはない。

「強制連行を確認できなかった」のは、敗戦が明白になった段階で連合軍の追及を恐れた軍当局が廃棄・焼却など隠蔽の挙に出たからである。答弁書はそのことにまったく触れていない。

しかし答弁書は強制連行された被害者の存在を否定することはできなかった。当たり前のことである。被害者の生々しい証言は数あまたあるのだ。生の証言に勝るものはない。断固として抗議する元従軍慰安婦こそ、歴史の真の証言者である。

日本政府の答弁書に韓国外交省報道官は素早く以下のように反応した。

「慰安婦の動員や募集、移送の強制性は否定できない歴史的事実である」

「慰安婦被害者の生々しい証言からも裏付けられている」

「『合意』の精神と趣旨を損ないかねない言動は控え、被害者の名誉と尊厳を回復し、傷を癒すという立場を示すよう求める」

と警告した。けだし当然である。

被害者である韓国世論は日韓「合意」を厳しく断ずる。最近の調査によれば、「合意」を評価しない五六%、評価する二四%、慰安婦の少女像撤去反対七二%である。不可逆的解決と称する日本政府の立場とはまったく異なる。

強制連行された元従軍慰安婦は平均八九歳になり、生存者はわずかに四六人にすぎないという。法的に解決済みとするバカげた態度を改め、一日も早く謝罪と損害賠償を行うべきである。

中国やアジア各地、そしてオランダにも未解決・無謝罪・無賠償の元従軍慰安がいるのだ。

〈追記〉　日本政府は釜山の従軍慰安婦の「少女像」設置に抗議し、駐韓日本大使と釜山総領事を一時帰国させた。

五話　危機一髪の核兵器事故

核兵器の保有は米・ロ・英・仏・中からインド、パキスタン、北朝鮮に拡がっている。イスラエルの保有は公然の秘密だ。他にも保有志向の国がある。

核兵器ではないが、スリーマイル、チェルノブイリ、福島で過酷な原発事故があった。事故は隠蔽しようもなく全世界に伝わった。重大事故になりかねないトラブルは驚くほど発生している。東海村の作業員の放射能汚染死亡、福井「もんじゅ」の放射能漏れ、などなど。これらは氷山の一角に過ぎない

原発所持国は核兵器を持つ能力を持っている。日本は最たるものだろう。

核兵器事故はどうであろうか。数十年間で危険な事態は少なからず出来していた。

二〇一六年二月一七日の朝日新聞夕刊は一面トップで米軍の引き起した核兵器事故を報道した。一九六一年のノースカロライナ州と一九六五年の奄美大島の事故だった。恐るべき事態が起こっていたのだ。

▼ノースカロライナの場合

米国防総省は一九八〇年代になって概略を公表した。一九六一年一月二四日未明、同州コールズホロの上空だった。二個の水爆を搭載した警戒中のB52爆撃機が空中分解したのである。一つはパラシュートで落下して損傷。他はそのまま落ち、衝撃で壊れた。搭乗員八人中生存者は五人だった。緊急出動を命じられた爆発物処理部隊責任者のジャック・レベルの証言を以下のように報じた。

行方不明になった水爆の一つは木と木の間に刺さっていた。もう一つは八日後、沼地で発見された。起爆スイッチが爆発一歩手前の「オン」になっていた。米公文書によると四つの安全装置のうち三つが壊れ、かろうじて残る一つで爆発を免れたという。爆発していればノースカロライナの東側な消滅し新しい海岸が生まれ、八〇〇万人が死亡していたという。まさに危機一髪だった。

このB52爆撃機は核兵器を搭載し、命令があればすぐ攻撃できる作戦を展開していた。

一九六一年はキューバ危機の年である。一九五九年、カストロやゲバラの指揮下でキューバ革命が成就した。米国は反革命勢力を支援し、キューバに侵攻させた。

▼奄美大島の場合

一九六五年、奄美大島沖で米空母が作戦中だった。ベトナム戦争のさなかである。ところが水爆搭載機がパイロットとともに海中に落下してしまったのだ。パイロット、水爆、機体はいまも深海に沈んだままだという。何らかの原因により、深海で爆発が起こらないとも限らない。恐ろしい事件である。

米国防総省は核兵器事故の暗号名をいくつか持っている。「ブロークンアロー」(折れた矢)は事故中で最も重大な事故である。偶発的または命令のない核兵器爆発、核兵器燃焼、非核爆発、放射能汚染、核兵器や部品の強奪、盗難、紛失、公害、その可能性などが含まれる。そこに至らない「ベントスピア」(曲がった槍)や、「ダルソード」(切れない剣)などもある。

米国は一九八〇年代に三二件の重大な核兵器事故を公表した。ノースカロライナと奄美大島の事故はこのなかに含まれていた。

機密が解除されたことを知った前記のジャック・レベルは核兵器の危険な実態を大学や図書館、博物館で語り始めた。自身が係わっていた事故はまだあるが、機密が解除されていないため公表できないでいるという。米政府が公表していない事故はもっと多くあると述べていた。

核爆発や放射能汚染は人類を滅亡に導く危険性に満ち満ちている。核廃絶は人類的課題だ。断じて許してはならない。

六話　東電や電力会社は何をしたか

▼二〇一一年五月初め、東電は早くも加害者責任から逃げようとした

テレビに映る東京電力（東電）の清水正孝社長、役人よりさらに慇懃無礼な応答ぶりに

辟易とする。共産党のみならず、保守の「たちあがれ日本」からも批判された。この人物なんとかならないのか。彼が出てくると福島県民は余計に頭にくる。

東電役員が報酬を半額カットするという。しかしカットしてもまだ平均二三〇〇万円も得る。一方、労働者は二割カットだ。厳しい話である。役員は半額カットでもなんともない。労働者の生活はそうはいかないだろう。五〇〇万円の人は一〇〇万円も減る。

東電は労働者の生活を圧迫させつつ、原発被害者を着の身、着のままで避難させている。ところが役員に二三〇〇万円のお手盛りが続く。何をかいわんや、だ。


ちょっと待て！

東電は社長名で文科省の原子力損害賠償紛争審査会に要望書を提出した。
◎補償の当事者として賠償限度には配慮してほしい、と。
あきれた話である。

それだけではない。
◎最大限のリストラをしても東電だけでは賠償費用を払うことが困難である。
◎被害救済は、国の援助が必要不可欠である。
◎国の援助のない賠償の枠組みは「原子力損害賠償法」の趣旨に反する。
とまで言ってのけた。

バカにするにもほどがある。

人々を不安に落としいれ、家や家畜やペットを捨てさせながら損害賠償は値切る、という魂胆だ。風評被害を広く認める方向で議論が進んでいるさなかでの自分勝手な要望だった。

紛争審査会の能美義久会長もさすがに、

「指針をつくる段階で東電が審査会に働きかけるのはまずい」

「要望には左右されない」

と述べたほどだ。当然のことである。東電は加害者責任をわずか一カ月半で忘れるつもりか。荒廃の限りである。

▼放射性物質で逃げ回っている最中に原発の再稼動宣言

東日本大震災で津波に襲われた地域でも復興に向けた動きが始まった。

しかし福島第一原発事故で追い立てられた二〇キロ圏内の危険区域の人々、三〇キロ圏内とその外側にいながら計画的避難区域に指定された人々はそれどころではなかった。町ごと、村ごと移動させられ、いつ戻ることができるか皆目見当がつかない。復興計画どころではないのだ。

政府高官が語った。

「この先一〇年、二〇年かかるかもしれない」

当然な見通しだだろう。

チェルノブイリの原発事故から二五年以上たった。今でも三〇キロ圏内は高濃度汚染のため、無人地帯だという。恐るべき事態だ。

ちょっと待て！

私は静岡・浜岡原発（中部電力＝中電）の三〇キロ圏上に住んでいる。浜岡原発に福島級の事故が起きれば、この地域特有の東向きの気流に乗ってアッという間に放射性物質が到達する。

ところがである。

福島第一原発一～四号機の収束の見通しがまったくつかないうちに、中電は停止中の浜岡原発三号機の稼動を表明した。

この原発は東海地震の想定震源域の真上にあり、世界で最も危険な原発と言われている。福島級、またはそれ以上の事故が起きれば福島の比ではないだろう。

背後に人口密集地域がある。新幹線・国道一号線も三〇キロ圏内にある。東向きの気流に乗った放射性物質はわけなく東京方面に向かう。

福島で村ごと、町ごと原発から逃げ回っている最中に稼動宣言したのだ。無神経ぶりに開いた口が塞がらない。電力会社の反国民的で、鬼々のごとく利益追及主義に憤らずにはいられない。

二〇〇八年の中電の資料には以下のように書いてある。

過去最大の電力需要＝二八二一万キロ、火力発電能力＝二三九〇万キロ、水力発電能力＝五二一万キロ、浜岡原発発電能力＝三五〇万キロ。

原発を使用せず、最大の需要があってもまだ九〇万キロの余力があるのだ。中電の原発依存率は一四％。なくても十分やっていける。

節電努力と合わせ、計画的なグリーンエネルギー計画が強く求められる。そうすることで予想される東海大地震の被害対策になるのだ。

〈追記〉「たちあがれ日本」は離合集散をへて民進党、維新、日本のこころ、などに分かれた。

七話　川内原発の再稼働

二〇一六年四月一四日、二一時過ぎから熊本県を震源に猛烈な地震が九州全域を襲った。地下一〇キロほどの内陸直下型地震だった。一四日はM六・五、一五日はM七・三を記録した。震源地が浅いので揺れ方が強烈だった。九州新幹線は脱線し、全線開通まで長時間要した。

発生から一週間で震度七が二回、四以上九三回、一以上が七八三回、余震の収まる気配はない。回数は減ったが、いまも続く。

建築物は余震でダメージを受け、倒壊、半壊が増大している。下敷きで亡くなった人が三〇人もいる。余震のため家にいることができない。避難所に入れきれず、自動車や路上で寝ていた。避難者は一時、一九万人に達したという。恐るべき事態だ。

熊本地震で前震、本震の言葉が使われた。知っていたが、あまり聞くことはなかった。

最初に「ドカン」とくるのが本震という理解だったからだ。今回も最初のM六・五が本震と思われていた。しかし翌日一六倍のM七・三が襲い、これが本震となったのである。

ここ二、三〇年だけでも巨大地震がいくつかあった。二〇一一年三月一一日の東日本大震災。いまも原発や津波で避難を強いられている。その前は北海道・奥尻島、阪神・淡路大震災、新潟・中越地震と続いた。

東日本大震災は太平洋プレートが大陸プレートに潜り込んだものだった。海底で巨大な津波を誘発した。

熊本大震災は活断層がズレ動いたものである。断層は熊本から大分、四国方面に延びているという。この断層帯の全域に震源地が広がったらどうなるのだろうか。想っただけで恐怖が走る。

日本には二〇〇〇以上の断層帯があるという。断層帯上の日本列島と言える。定期的にズレが生じ、地震が絶えず発生する。専門家は時期の特定は困難であるが、どの断層帯も動く可能性を指摘する。

先記したように、地震は一九九〇年代から北海道、東北、中越、関西、九州で起きていた。不謹慎な言い方になるが、次は日本の中部の「番」になるかもしれない。東京直下、東海、東南海、南海などのトラフが考えられよう。いずれも歴史に印された巨大地震源帯である。

本項を書くのは原発のことを言いたいからだ。熊本の隣県、鹿児島に九州電力（九電）の川内原発一、二号機がある。二号機は稼働している。震源域に近いから川内原発も頻繁に揺れた。誰もが心配していたのだ。

ところがである。

九電も政府も、

「放射能漏れはない」

「安全が保たれている」

「原子力規制委員会も認めている」

「稼働停止する必要はない」

とすまし顔である。

ＮＨＫも籾井勝人会長体制の下で、この理屈を無批判的に報道しているだけだ。まったく腹が立つ。

問い質したい。

「あなた方は放射能事故が起これば止めると言うのか！」

「それまでは稼働し続けると言うのか！」

まるで事故を待っているような言い草である。無責任を通り越した恥知らずな態度と言いたい。しかも川内原発の不安が高まっているのに、原子力規制委員会は四〇年を超す福井・高浜原発一、二号機の再稼働を許可するに至った。四〇年超は初めてのことである。

「福島原発事故を起こし、人々の故郷を奪っている現実を見よ！」

「いまも原子炉容器に近づけず、内部は不明である現実を見よ！」

「これらの教訓から謙虚に学ぼうとしない原発推進者を糾弾する！」

「直ちに川内原発の稼働を停止せよ！」

最後にもう一つ記しておきたい。ＭＳＴの三点セットである。水、食料、トイレのことだ。地震の避難者、被災者が難儀するのは三点セットだ。

熊本地震は当初、握り飯二つ貰うのに二、三時間も並んだという。備蓄はどうなっていたのだろうか。

字など地域住民の最小の自治組織単位で備蓄がなされ、配達・連絡体制ができていれば二〜三時間も並ぶこともなかったのではないかと思われる。

私の住む街は東海地震などが予想される危険地帯にある。町内の自治組織単位にある程度備蓄されているという。しかし、どの程度かまではわからない。個人備蓄を含む周到な備えが必要であろう。

八話　自公政権と電力会社

▼これほど危険で高いものはない

四話で東電が福島原発一号機の過酷事故から一ヵ月半後に何をしたか、を記した。それは社長名で文科省の原子力損害賠償紛争審査会に要望書を提出したことだった。もう一度簡記しておこう。

◎補償の当事者（東電）として賠償限度には配慮してほしい。
◎最大限のリストラをしても東電だけで賠償費用を払うことは困難
◎被害救済は国の援助が必要不可欠
◎国の援助がない賠償の枠組みは「原子力損害賠償法」の趣旨に反する。

まったく手前勝手な理屈だった。

東電は事故直後から損害賠償資金を国に要求していた。国の援助とは何か。国民の税金にほかならない。原発で儲けたうえに、賠償資金を国民負担にさせとよう言うだから、正常な精神の持ち主には到底理解できない話である。

それから六年の月日が経った。

東電の態度と経営姿勢は当時と変わっていない。福島県民を途端の苦しみにおとし入れ、国民を恐怖に導いたことへの反省や責任がますます希薄になっている。

さらに指摘をしよう。要望書を提出した頃、政府当局は国民の怒りを恐れ、ダンマリを決め込んでいた。

ところが、いまの自公政権は東電や電力会社を率先リードし、原発推進政策を臆面もなく推し進めている。

政府や電力会社は、長年「原発ほど安い電気料金はない」と喧伝してきた。

ところがである。

最初から国民を欺いていたのだ。福島第一原発の過酷事故がその欺瞞性を一目瞭然にしたのである。

当初、廃炉・賠償・除染費用などに一一兆円要すると言っていた。ベラボーな金額である。ところが、何と二一・五兆円もかかると言うのだ。二倍である。特に膨れ上がったのは廃炉費用だった。それだけで八兆円という。

ちょっと待て！

いまも原子炉内に溶け落ちた核燃料の状況は分かっていないではないか。状態いかんで費用がドンドンかさむだろう。バカにするにも程がある。子供にも分かる計算だ。除染費用も同じことが言える。

東電に資金援助するため、国は交付国債額を一三・五兆円に拡大するという。さらに除染費用として、二〇一七年度予算に税金・数千億円も計上するという。

電力自由化で原発を持たない「新電力」にも廃炉や賠償費用を負担させる仕組みすら計画されている。

すべて東電らの電力会社の救済策であり、延命策である。ツケはみな国民負担になって降りかかる。天文学的数字は止まることを知らない、と指摘することこそが正当な見方である。

「これが原発の正体だ！」

「原発ほど高いものはない！」

「原発ほど危険なものはない！」

すべて福島第一原発事故が証明している

▼懲りない面々

自公政権と電力会社の稼働推進派コンビは、事故から六年も経つと痛みも感じなくなってくるようだ。原子力規制委員会を利用し再稼働に励んでいる。

新規制基準後、九電・川内原発一、二号機、関電・高浜原発三号機（福井県）、二〇一六年になって高浜四号機、四国電力・伊方原発（愛媛県）を再稼働させた。稼働ラッシュである。高浜三号機と四号機はウランと使用済み核燃料のプルトニュウムの混合酸化物（MOX）燃料を使用するプルサーマル発電だ。

「原子力規制委員会」は「原子力『推進』委員会」に名称を変えた方がいい。「規制」どころか稼働一方である。

しかも原子力規制委員会は飛んでもないことを決めた。四〇年を超える老朽原発の稼働を承認したのである。福島第一原発事故の後、四〇年で廃炉することになった。ところがである。

同委員会は舌の根も乾かないうちに定めを覆してしまった。さらに二〇年使ってもいいと言う。高浜原発の一、二号機に続き、美浜原発（福井県）三号機も認めたのである。

事故の際の避難道路はどこも懸念されている。ないか、伊方原発のように袋小路になっている所さえあるのだ。

いったいどうなっているのか。想像さえできない振る舞いぶりだ。何が原子力「規制委員会」か。原子力「推進委員会」ではないか。

老朽化した原子力は配管や壁がもろくなり、事故の発生率が高くなるという。

「四〇年使った原発だ、トコトン使って儲けてやれ」

という電力会社の利潤追求主義が目に見えてくるようだ。

朝日新聞歌壇の短歌を紹介しよう。

「原発の不惑年齢変わるらし六十年に定年延びて」（二〇一六年一二月一一日　奥州市　及川和男）

「うすれゆく記憶減らさない放射能黙らぬ原発四基福島に」（埼玉県　島村久夫　二〇一六年一二月一九日）

もう一つ絶対許せないことを述べたい。

高速増殖原型炉・「もんじゅ」のことだ。「もんじゅ」はすでに「寿命」の尽きた原子炉と思っていた。それが常識的な考え方だった。

ところがである。「もんじゅ」（福井・敦賀市）がゾンビのように甦ってきたのだ。経済産業相、文部科学相、電気事業連合会、原子炉メーカー・三菱重工業、「もんじゅ」の運営主体・日本原子力開発機構の代表らが集まって「もんじゅ」の後継・「高速実証炉」を開発する構想を発表したのである。

まさかの話としか言いようがない。驚き以前の問題である。

一兆円も投じた「もんじゅ」は失敗に次ぐ失敗で、放射能漏れ事故も起こした代物だ。新型原子炉の、破綻の象徴のような存在だった。

一九九四年の初臨界からわずか二〇〇余日しか動かなかった。安全性が確保できなかったからである。フランスは「もんじゅ」型の開発を事実上中止している。高速増殖炉は科学的にはほとんど未知の世界にあると言えよう。にもかかわらず、後継の「実証炉」に着手するというのである。

原発推進派はどれほど国民を危険に曝そうとするのか。

どれほど巨額の税金を使おうとするのか。

「もんじゅ」の後継開発は絶対に認められない。

第四部

消えない記憶と光景

一話　アウシュビッツ強制収容所

アウシュビッツ強制収容所はルメーシュ村にある。ポーランド南部の広大な農村・大地の一角だ。

アウシュビッツという名称はナチスドイツがつけた名称だ。ポーランド語ではオシフィエンツムと言う。

アウシュビッツ強制収容所は一九四〇年四月、ナチス親衛隊の長官ハインリッヒ・ヒムラーの指示で設置が決まった。悪名高いルドルフ・ヘスが初代所長に就任した。

一九四〇年一一月二二日、アウシュビッツの最初の処刑はポーランドの政治犯・四〇人に対して行われた。

一九四一年三月、ヒムラーはビルケナウにアウシュビッツ第二収容所の設置を命令。さらに一九四二年二月、モノビッツにアウシュビッツ第三収容所の建造が始まった。これらの強制収容所は三大キャンプと称され、それ以外の三九の収容所は小キャンプと言われた。アウシュビッツだけでも一五〇万人が殺された。ガス室や、絞首刑や、銃殺や、人体実験や、リンチ等々であった。圧倒的に多いのはガス室である。

ナチスドイツは内外に住む四〇〇万人を超えるユダヤ人をポーランドの各強制収容所に送り込んだ。門の入口に「Arbeit Macht Frei（働けば自由になる）」という言葉が掲げられた。大量虐殺を隠蔽するニセ看板である。門の左右に高圧電流の二重の鉄条網が張り巡らされた。

被収容者はユダヤ人、ジプシー、レジスタンスの参加者、宗教的・政治的・思想的被弾圧者、ソ連捕虜を含め二四ヵ国にのぼったという。騙された人や、アンネ・フランクのように隠れ家で見つかり、捕まった人々など、各種各様であった。

囚人たちは労働力として酷使され、役に立たないと思われた人、病人、一二〇センチ未満の子供たちはガス室に送られた。

囚人たちは番号を付せられた。彼らは三方向から写真を撮られた。後に左腕に入れ墨を施された。逃亡を防ぎ、容易に人物確認するためだった。

被収容者は縞模様の囚人服を着せられ、胸に三角形の印を付けられた。ユダヤ人は黄色、政治犯・赤、ジプシー・黒、刑事犯・緑、聖職者・紫だった。ナチスの親衛隊は色で即座に識別できた。

アウシュビッツは湿地帯である。極度の不衛生と飢えに加え、防寒用の衣類や着替えもなく、ネズミや害虫で伝染病が多発した。処刑やガス室送りとは別の理由でも人口は減少した。

被収容者たちは中央広場に集められ、毎日点呼を受けた。ひどい場合、腹いせや見せしめのため一九時間に及んだこともあったという。広場に鉄のレールを横に渡した三本の木柱が立ち、絞首刑のために使われた。

一九四五年、ソ連軍の進攻により、ナチスはアウシュビッツから全面撤退した。収容所の建物や遺物や証拠物、文書などを破棄する時間的余裕がなかったのだ。そのため当時の悲惨な実態がそのまま残されたのである。

アウシュビッツにあった五つの焼却炉のうち、一号焼却炉は爆破されずに残った。

アウシュビッツ強制収容所の面積は広大である。入り口の通路の脇に三角形の長い屋根付きで、煉瓦と思われる比較的大きな建造物があった。当時の重要な収容所施設の一部であったのだろう。その脇を通り抜けると一階建・二階建ての似たような建物が多数並ぶ。いずれも堅固な建物である。空き地や緑地はかなりあるが、当時は収容棟がいたるところにあったと思われる。見晴らしの良い位置に三階建・煙突型の監視所も見える。

私は建物、遺物、展示場など主要箇所をつぶさに見学した。衝撃のあまり息をのみ、しばしば声が途切れ、喉が引きつった。遺物や証拠の品々は大きなガラスの部屋や容器のなかに保存されている。縦縞の囚人服、靴や義足、眼鏡、髪の毛、使用後の毒ガスの空き缶、いずれも山のようにある。その多さに呼吸が止まりそうだ。

被収容者が使用したボールや皿などもある。ナチス親衛隊が奪った金貨やコインが多数ある。身ぐるみ剥がされ、縦縞の囚人服姿にさせられた。

リンチを受けている写真や絵。点呼を受けているときのそれ。痛ましく痩せ細った裸の写真。鉛筆のように細く、骨と皮だけになった子供たち。震えてくる。被収容者は大人・子供に関係なく人体実験の道具にされた。殺されたユダヤ人の写真が廊下や通路に多数掲示されている。

不気味な静寂に包まれた一角にガス室と、殺された人々を灰にした焼却室があった。いくたび被収容者を呑み込んだことだろう。「いつでも入れてやる」、と悪鬼のように丸い穴口を開けている。ただ茫然として見る。心臓が止まりそうだ。そこにどのくらい立ち止まっていただろうか。

ガス室と焼却場から鉛を引きするように外に出ると、煉瓦をバックにした石の壁があった。「死の壁」「処刑の壁」である。慄然としてすくんだ。恐る、恐る「石の壁」を背に立った。数メートル先に複数の銃口があったのだ。「死の壁」をバックに夥しい人々が処刑された。

アウシュビッツのホロコースト現場は綿密に区分され、各種の遺物や証拠物が展示されている。説明書に沿いながらいくつかのブロックを記しておきたい。

第四ブロック

▼第一室

アウシュビッツ強制収容所そのものに関する展示。約一五〇万人殺害されたことを示す。

▼第二室

多数の国籍を持つユダヤ人などが収容された。ナチスのユダヤ人撲滅の意図を示す証拠である。

一九四一年一〇月七日、ソ連の捕虜が初めてアウシュビッツに送られてきた。ルドルフ・ヘスが収容所長官であった時だけでも七万人殺されたという。

『死の本（TOTENVUCH）』に殺された人の名前、死因、日時が記されている。五分～一〇分間隔で次々に処刑された。ソ連の捕虜はガス室でも大量に虐殺された。一九四五年二月一七日の解放前の最後の点呼では、わずか九二人の捕虜しか残っていなかった。

▼第四室　殺戮までのプロセス

ガス室は三一〇平方メートル。約二〇〇〇人が一度に入れられた。脱衣場にベンチと衣服掛があった。消毒すると言われ、入浴用の道具が渡された。裸で入った。部屋はシャワー付きのガス室だった。抵抗防止のために騙したのである。毒ガス「チクロ」は噴気孔から一五〜二〇分間隔で注入された。三〇分後にガス室は開けられ、死体から金歯・イヤリング・指輪など金目の物はすべて略奪された。死体は昇降機で焼却室に運ばれた。ナチス親衛隊は囚人たちのなかから死体の運搬や焼却要員を選んだ。

▼第五室　死体の利用

頭髪は二五キロずつ梱包され、繊維の材料に使われた。金歯は溶かされ、ナチス親衛隊の本部に送られた。持ち物は三五の倉庫に保管され、死体焼却後の灰土中に埋められるか、川や池に捨てられた。

▼第六室　物的証拠の一例

ソ連軍による解放直前、ナチスはすべての倉庫を焼却しようとした。焼け残った六つの倉庫から男性用衣類三四八八二〇点、女性用衣類八三六五二五のほか、靴・絨毯・歯ブラシなどが発見された。

第五ブロック

ここに略奪品が展示されている。前記のもの以外にスーツケース・メガネ・義足など身に着けていたものが含まれている。

第六ブロック

▼第一室　収容所到着後の措置の展示

選別を受けずに直接収容所に送られた人たちの入所手続きは髪を切られ、入浴、登録、入れ墨が施された。先記したように囚人の人種・種別により赤、黒、緑、黒、紫などの三角形の印の囚人服を着せられた。

▼第二室

登録された被収容者は全期間で四〇万五〇〇〇人。この内三四万人が死んだ。しかし登録されなかった数の方がはるかに多かった。囚人の自治の名のもとに、囚人中から選抜されたユダヤ人によって管理・制裁が日常的に行われた。

点呼は一日に三〇分、二〜三回行われた。一九時間に及んだこともあったことはすでに述べたおりである。

▼第三室　毎日の強制労働の実態

ドイツ産業の働き手として酷使され、ナチス鉱業所の利得となった。

▼第四室

収容者の飢えの実態とナチス親衛隊の食料略奪

▼第五室

囚人だった画家の絵画。女や子供たちの悲惨な運命が描かれている。

第七ブロック

▼第七室

衛生状態、病人の間引き、恐るべき人体実験の実施

第一一ブロック（死のブロック）

中庭は死の庭。死の壁。一階は一般用の監獄。地下は刑罰用の窓のない独房と立つことしかできない小房、座ることも横になることもできなかった。

▼第一一室　各種の体罰の現場

▼第一二室　死刑の実行の現場

▼第一四室と第一五室　抵抗運動
被収容者たちの抵抗運動が行なわれた。外部への連絡。収容所爆破計画、囚人の反乱、ビルケナウへの道や、逃亡用の地下掘削が行われた。

二話　ビルケナウ強制収容所

ビルケナウ強制収容所はアウシュビッツ強制収容所に近接している。アウシュビッツよりはるかに大きい。ナチスドイツはアウシュビッツでは足らず、第二収容所を急遽建造した。それがビルケナウ強制収容所である。

ビルケナウもドイツが付けた名称で、ポーランド語ではフジェジンカと言う。アウシュビッツが第一収容所、ビルケナウが第二収容所である。既述したように第三収容所も造られた。

収容所のゲートの下を鉄道の引き込み線が潜っている。ポーランドやヨーロッパ各地で捕えられたユダヤ人や各種の人々を貨車に閉じ込め、抛り込んだ線路である。収容所の奥地まで延々と続いている。ゲート下の線路に立つと、呑み込まれていく感じだ。途中に貨車と積み下ろし場がある。

ビルケナウのジプシー収容所では二万九四六人の名前が記録されている。二〇〇〇人が他の収容所に送られ、残りはガス室送りか、病死だった。

ギリシャで捕まった人々は二四〇〇キロ近く貨車に閉じ込められ、食料も与えられず、ビルケナウ収容所のホームで初めて戸が開けられた。

被収容者は到着すると、ナチス親衛隊によって選別され、働けない者、女、子供はガス室に送られた。荷物はすべて没収された。

ビルケナウの敷地はいま緑地や広大な空域となっている。無数の収容棟や、拷問棟や、処刑場などがあったのだろう。

真っ直ぐに造営された道路を歩いて見学した。広いので時間がかかる。隅々まで確かめようとすれば、どれほどかかるかわからない。数十万人以上も捕らえていたのだから当然だろう。

一角に墓地があった。立派な墓石である。文字が刻まれている。解放後、かなり経ってから造られたものと思われる。

墓地から少し行くとガス室と焼却炉の跡があった。ソ連軍の進攻でナチスが慌てて破壊したのだ。数えきれないほどの多数の人が犠牲になったことだろう。一カ所だけでも相当の数にのぼるはずだ。そばに焼却炉で焼かれたあと骨灰を捨てた池があった。凝然として目が離れない。足が吊って、しばらく動けなかった。

一角に煉瓦積みの収容所棟が保存されている。トイレがあった。石材をコンクリートで固めたものであろうか。一列が三〜四〇メートルある。何列もある。数十センチ間隔で丸い穴が開き、背中合わせで並んで座り、排泄するのだ。間仕切りなしの素透しである。陰謀や抵抗防止、監視に都合がいい。

ビルケナナウの被収容者はまったく悲惨で、悲劇的だった。長期間、上下水道の設備はなかった。排泄時間は一人一〇秒という規則すらあった。

収容所の居住環境は天井の低い、多くは通路をなかに上下に区切られている。一部屋に二〜三〇人が押し込めたのだ。床は板敷である。通路側は何の遮壁もない。監視しやすくするためだ。冬は猛烈な寒気に震えたことだろう。薄暗くてあくまで陰気である。

三話　クラクフとワルシャワ

クラクフはポーランド南部にある。首都・ワルシャワに次ぐ七五万の第二の都市だ。歴史地区は世界遺産である。

ナチスドイツに弾圧されたクラクフのユダヤ人街・カジミエシュ地区に二～三階建の建物が並ぶ。いずれもアパート風の建物だ。茶、白、赤など様々だ。

ナチスドイツの弾圧前、クラクフに七万人のユダヤ人が住み、人口の四分の一を占めていたという。ほぼ全員強制収容所に入れられ、殺された。忌まわしい建物に住むユダヤ人はいま一人もいない。一角にユダヤ教会があった。数十名の子供たちが見学・参拝に来ていた。

近くにシンドラーのホーロー工場がある。シンドラーは労働力に必要という口実でユダヤ人を働かせ、彼らを救った人物として知られている。映画になり、私も見た。工場入口に救われた数十名のユダヤ人の写真が並んでいた。

ワルシャワも簡記しておこう。

ポーランド人・コルチャックは思想家であり、教育者であり、作家・評論家であり、ユダヤ人の徹底的な擁護者だった。ポーランドで知らない人はいないと言われる。

コルチャックはステファニア・ヴィルチンスカとともに「孤児たちの家」を設立した。ワルシャワのユダヤ人の子供たちのためだった。彼は三〇年にわたり孤児院の院長を務めた。ナチス占領下であっても元軍人であったコルチャックはポーランドの軍服を着、ユダヤ人に対する差別や迫害と毅然として闘った。最後の数カ月はワルシャワのユダヤ人ゲットーで過ごした。

日記によれば、一九四二年八月五日または六日の朝、ゲットーはナチスの親衛隊に取り囲まれた。ユダヤ人の逆殺が続いているとき、コルチャックはユダヤの子供たちを護るため「孤児院」を決して離れなかった。

彼は強制収容所へ移送する始発駅まで約二〇〇名の子供たち、数十名の教師たちの先頭に立って歩いた。

コルチャックは一九四二年八月六日、収容所到着の日、ガス室または銃で殺された。

ポーランドは一九五九年、コルチャックの思想や教育理念を背景に子供の権利宣言の作成に参加した。一九八九年には「子供の権利に関する国際協定」を国連が採択するよう提案した。コルチャックの思想を原型とするもので、「子供の権利条約」に結実する。彼の歴史的貢献であった。

コルチャックの像の近くにゲットー記念碑があった。ユダヤ人のゲットーがあったところだ。石材のブロックを高く積んだ壁をバックに数名のユダヤ人のモニュメントも建っている。

ワルシャワ蜂起記念碑も忘れることができない。ワルシャワ蜂起はナチスドイツの支配に対し、市民たちが勇敢に立ち上り、世界史に印された闘いだった。

日本でも映画・「地下水道」で知られている。記念碑は数名の、銃を持つ兵士が戦闘行動に立ち上がった巨大な像だった。

ワルシャワは反ナチス闘争と、ユダヤ人虐殺に抗して雄々しく立ち上がった不屈の都市である。

〈追記〉　クラクフの郊外だった。珍しい光景に出くわした。トキとその巣である。巣は森の樹木の上に木切れで作られている。トキは大きな鳥だ。巣も大きい。円形で、直径三メートル前後あるのではないだろうか。その上にトキがいる。足まで見える。ときおり羽を広げる。見事な眺めだ。

ポーランドにはかなりトキがいるらしい。いまでは日本で見ることができない。思いがけない光景だった。

四話　旧ソ連

それほど旅行しているわけではない。ただ、外国に行く場合、心に決めていることがある。現地で尋ねてみたい、という問題意識を持つことである。解説書で間に合うことも少なくないが、そうばかりではない。当該地で見聞しなければ分からないことはたくさんある。問題意識を抱くことで外国人気質・実情・実際の姿を知ることができる。

旧ソ連から入ろう。

一九八〇年代になると、東ヨーロッパの社会主義体制を揺るがす事件が多発しはじめた。

ポーランド・グダニスクで後に大統領になったワレサの指揮する自主管理労組「連帯」が、国中を揺るがす闘いを展開していた。東ヨーロッパ社会主義体制の崩壊の始まりだった。

一九八九年一一月、私は旧ソ連・ウクライナのオデッサを旅していた。その頃チェコスロバキアはビロード革命のさなかにあった。人々は街頭に繰り出し、社会主義政権に立ち向かっていた。

オデッサは一九〇五年の第一次ロシア革命で有名な「戦艦ポチョムキンの階段」のある軍港である。クルミア半島の西側付け根に位置し、黒海に臨む。

ホテルの一角で気軽な音楽演奏を楽しんでいた時だった。アルコールも入り、リラックスした雰囲気のなかにいた。

日本語のかなり上手な三〇歳前後の通訳がガラリと態度を変えて話題を移し、話し始めた。

私は彼の隣にいた。

「聞いて下さい。いま東ヨーロッパで大変ことが起こっています。分かりますか？　ほとんどの国で政府に抗議する行動が盛り上がっています」

私は何を言い出すのかと思い、ウオッカ入りのカップを握りしめた。

「東ヨーロッパで起こっているのは単なる騒動ではありません。革命というものです」

大きな声である。近くのソ連人にも聞こえている。私は確信めいた言い方に唖然とした。彼は続けた。

「ソ連はいま東ヨーロッパのような状況は起きていません。しかし、やがて起こります。そのうち分かります。それほど先のことではないでしょう」

この青年なにを言い出すのか。自らに問いかけた。依然大きな声である。人前を憚らない。アルコールの勢いだけではないようだ。

そして、決定的なことを言い放った。

「ソ連でも起こりますよ」

「何がですか?」

私も大きな声で聞き返した。

「革命です。ソ連でも革命が起こります」

私は突如、かつ思いもよらない話に声が出なかった。吃驚を通り越し、異次元の空間にいるような気分になっていた。しばらく間をおいて私は口を開いた。

「あなた、そんなこと言っていいのですか?」

私は周囲を見回した。

彼はにんまり笑った。

強烈な瞬間だった。

それから二八年の歳月が流れた。私はこの時の光景をまざまざと想い出す。

事態は時を経ずして起こった。二年後の一九九一年、ソ連邦は崩壊したのである。エリツィンらソ連市民の大衆的行動がゴルバチョフの共産党政権を打倒したのだ。無血革命とも言うべきものであった。一〇月社会主義革命から七四年目のことだった。

かの青年がオデッサのホテルで語ったとき、ソ連共産党はすでに人心を失っていたのだろう。だから大声で「ソ連革命論」を喋ることができたのだ。他人の耳など気にする必要はなかったのだろう。

東ヨーロッパの社会主義体制が崩壊の危機に直面していたとき、同じ事態がソ連でも起こると確信していたものと思われる。若い世代はとりわけ敏感だった。だからこそ通訳の青年は何のてらいもなく言ってのけたのだ。

オデッサは現在ロシア領である。ロシアとウクライナの領土紛争が激化するなか、ロシア人の多いクリミア半島で国民投票が行われた。多数となったロシアは自国に編入した。

これを認めない米国やEUはロシアに経済制裁を科している。

五話　中国

数年前、中国・東北地方の旅に出た。日中間で尖閣列島の領有権問題が顕在化し始めた時期だった。中国各地で日本に抗議する街頭デモが連日繰り広げられていた。若い世代の参加が多かった。

尖閣列島問題は現在日中両国の最大の政治問題の一つに発展した。日本政府はメデアを通して中国艦船の領海通過をたびたび報道している。

私は東北三省――黒竜江省・吉林省・遼寧省で調べたいことがあった。日本語に堪能な人を紹介してもらい、慌ただしく出発した。

中国人は日本人と顔つきがほとんど同じである。だから外国人という意識も薄くなる。

私が遼寧省・遼陽市生まれであることを告げると、通訳は気安く打ち解けてくれた。旧来からの友人のように親しくなった。彼は三〇代だと言う。まだ青年の面影が残っていた。

私たちはホテルや列車内で様々なことを語り合った。日本に行ったことはないが、日本の政治や社会情況を知悉していた。ネットをよく見ていると言う。

彼は日本の家庭に関心を持っていた。私も中国の家庭事情を知りたかった。共通の関心事になった。子供のこと、学生のこと、そして青年の恋愛にことなど、話題は尽きなかった。

少し会話が途切れた。彼はその時を待っていたのかもしれない。

「中国の青年のことをどう思いますか?」

「どうと言いますと?」

「何か感ずることはありませんか?」

「日本の青年を悪く言う気はありませんが、中国の青年はとても真面目に見えます」

一瞬、彼は言葉に詰まったようだ。意外な返事と思ったのかもしれない。それから言葉を繋いだ。

「……いや、そうではなくて政治に関することです。中国の青年はいまの体制を支持していません。批判的です」

「……エッ!」

思いもよらない言葉だった。二人の間に何かが割って入った感じだった。しばらく黙ってしまった。彼は私の目をじっと見ていた。反応を観察していたのだろう。

「そうなんですか。本当ですか?」

私は大きな声でようやく返事した。しばらく絶句してしまった。

「驚きましたか?」

彼は悪びれず、落ち着いた態度で微笑している。中国の青年のごく自然な顔がそこにあった。

その時、私はウクライナのオデッサで「ソ連革命論」を大声で、まわりを憚らず語ったソ連の青年通訳の記憶がまざまざと甦っていた。

いま目の前に座っている彼も青年である。発想の共通性を感じないわけにはいかなかった。

共産党政権下の青年の考え方にあらためて思いを馳せた。

中国・東北を旅行中の出来事であった。

これもまた強烈な瞬間だった。

中国の新民主主義革命から、まもなく六八年が過ぎようとしている

六話　コロンブスの像に赤ペンキ

メキシコに行った時のことである。メキシコ市内の街頭にあるコロンブスの像に赤ペンキが投げつけられた。バスで通過中のことだった。ガイドがセンセーショナルに事件を解説し始めた。驚きの光景に接したのである。

探検家・コロンブスはイタリア・ジェノバで生まれた。スペインのイサベラ女王の支援を得て大西洋を西に、インドに向かって航海を開始した。着いたのはキューバを含む西インド諸島だった。一四九二年のことである。

コロンブスは「新大陸」発見の偉大な功労者と称されるようになっていった。功績を讃えてコロンブス像はメキシコ市のほかにも設置されている。

五百余年後、その像が赤ペンキで汚されたのだ。反コロンブスの抗議の意思表示だった。同様事件はときおり発生するらしい。

コロンブスの新大陸発見は南北アメリカへの西欧植民地主義侵略の第一歩になった。西インド諸島やメキシコで先住民に対する戦争と殺戮が始まった。略奪・凌辱し混血児を生ませた。先住民の純血性は次々に蹂躙されていった。

コロニストは西インド諸島とメキシコを皮切りに、南アメリカに事態を拡大させた。先鞭をつけたのはコロンブスである。

五百余年後の今日、先住民の怨念は消えてない。赤ペンキで西欧植民地主義の「先行者」「新大陸発見者」のコロンブスを告発したのだ。

スペインのコロニストはメキシコだけでも多数の先住民を消滅させた。

メキシコ在住のガイドが突然思いもかけないことを話し始めた。

「コロンブスが西インド諸島にやってきたとき、現地の人々は友好的に迎えました。しかし間もなく事態は一変しました」

「……？」

「スペインの軍隊がやってくるとたちまち先住民に敵対し、攻撃するようになりました」

私は心のなかで呟いた。

「……それは歴史的にもよく知られた事実だ。アメリカ大陸を植民地にするための西洋植民地主義の常套手段だった」

肝心なことを語り出そうとしていることがガイドの素振り分かった。

「当時メキシコを含めた種族は一六〇ほどあったと言われています。そのうち九〇以上の種族が植民地軍の攻撃で消滅しました」

「……ウッ！」

「奴隷貿易でアフリカから黒人がつれこられたのもそのためです。労働力の不足を補うためでした」

「………」

「不明分も含めればもっと多くなるはずです。ヨーロッパが持ち込んだ伝染病でも数多くの先住民が死にました」

伝染病のことは知っていた。しかし、これほど多数の先住民が種族ごと消滅させられたことは知らなかった。驚きで、しばし絶句した。

南アメリカのペルーを旅したときにも衝撃的な事実を耳にした。やはりガイドからだった。彼は混血である。純粋先住民はクスコやチチカカ湖など、高所や山間地などに少数しかいないという。

ガイド曰く。

「ペルーに来て何か気付いたことはありますか？」

「混血が多いと思いませんか？」

そう言われればそうだ。確かに多い。白系人種に先住民の純粋性が数多く奪われたからだ。

ガイドは話を続けた。

「ペルーは南米でも混血が多い国です。ところが、だんだん先住民の顔に近づきつつあると言われています」

「へー！」

初めて聞く話である。私はガイドに質問することにした。

「どういうことですか？　知りませんでした。先住民の顔に戻りつつある根拠は何ですか」

「すぐ先住民の顔になるというわけではありません。年月をかけてのことと思います。理由はいろいろあると言われています。例えば独立後、白系人種との性的な関係や結婚が少なくなってきたことなどが挙げられます」

まったくの驚きであった。異なった人種が交われば混血が生まれる。誰でも知っていることである。交じあわなければ元の人種の顔に戻っていくというのだ。人類学的な問題と言うべきか。あらためてペルー人に関心を持った。

「新大陸」という名称・文言も不合理・不適切である。これは西洋史至上主義を論拠とするものだ。南北アメリカはコロンブスが発見する前から厳然と存在していた。インカ帝国のはるか以前、紀元前一〇〇〇年前にペルー文化は形成された。

スペインなど西洋植民地主義者が侵入したとき、メキシコにはアステカやマヤ文明が、ペルーにはインカの高度な文化が花開いていた。それを欺瞞や銃砲で徹底的に破壊したのが西欧のコロニストだった。

マヤ文明の美しい幾何学的ピラミッドや夏至に太陽光線が石穴を正確に貫く暦学の到達度を見よ！

ペルーのカミソリ一枚通らない驚異の石造建築技術、マチュピチュの見事な遺跡やナスカの地上絵を見よ！

西洋植民地主義は高度に到達した南北のアメリカ文化を破壊し、金銀・財宝を略奪し、奴隷化と凌辱を繰り返し、混血の民を作り出したのだ。

「新大陸」という言葉こそ西洋史優先の「上から目線」そのものである。

七話　がんばれキューバ

キューバ社会主義の一端から始めよう。ハバナの幼稚園見学は貴重な体験だった。園舎は見かけより堅固で大きい。床は石造りや固い素材で造られている。園児は一八〇人。二歳児から小学校入学まで。一六時二〇分の帰宅時間だが、一八時〜一九時まで延長できる。保護者は好都合だろう。日本の幼稚園ではとてもできない。

一歳児は家庭で育児をする。国家が経済的に保障するので安心して育児ができる。保育園は必要ないのだ。二歳からは幼稚園に行けばいい。さすが社会主義の国である。

園長はアフリカ系の女性だ。年齢別のクラス編成になっている。二歳児は三二人で担当教員は五人。子供の被服は様々。みな可愛く、小ざっぱりしている。皮膚も白、黒、褐色と様々だ。髪も金、茶、赤、黒など多彩である。生まれたときから皮膚の色も髪も違っている。それが当たり前の国だ。日本との大きな違いである。

遊びの最中だった。泣いている子は一人もいない。年長組は文字の学習をしていた。真剣だ。騒ぐ子や落ち着きのない子は一人もいない。女の先生がよく通る声で教えている。もう一人の先生が学習状況を見ながら机の間を回っている。日本では見られない光景だ。国家が子供を護っている。そんな印象だ。

見学しながら気が付いた。旧ソ連でモスクワの小学校を訪ねたことがある。小学三年生のクラスだった。生徒は一九人。教室に先生が二人いた。キューバの幼稚園を見学し、社会主義国の共通性に想いを馳せた一刻だった。

もう一つ述べておこう。

二〇一一年のことである。ソ連の捕虜になり、父が抑留された東シベリア奥地の収容所跡を訪ねたことがあった。そこの比較的近い村は人口八〇〇人だった。ところが幼稚園、小学校、中学校、高等学校が全部あったのだ。これには驚かざるを得なかった。旧ソ連のよき制度は現在のロシアに引き継がれているのだろう。日本は保育園の待機児童問題すら何年も解決できない。

ハバナ市街に貧民窟は見当たらない。服装もちゃんとしている。生活の貧しさは感じられない。衣食住などは一定水準の補償があるからだろう。

日本の貧困層や、ワーキング・プアの方がはるかに厳しい生活を強いられている。

キューバの優れた制度をもう少し記そう。この国は医療費と教育費は無料である。名目賃金が日本より低くても、心配ない生活ができる。医療水準は高い。

日本で一番出費が多いのは医療費と教育費だ。生活保護の主要な原因になっている。授業料が高く、学生は勉強どころか、学資稼ぎのアルバイトの日々を送っている。利子付きの奨学金を返済できず、己破産する場合も少なくない。

キューバの学生にアルバイトはない。教育費は無料だからだ。アルバイトという言葉すら知らない。どちらの青年・学生が幸せか。この点に限れば論を待たないだろう。

キューバ社会主義をもう一点語りたい。革命世代のことである。

ハバナ市内の老人福祉施設の一つ、「サンタフェ老人の家」を訪ねた。地域の五五歳から九〇歳の人たちで構成する老人クラブである。年間三ペソの会費で音楽・ダンス・レクレーションなどの諸行事を行っている。

歓迎の挨拶をしてくれたのは女性の会長だった。雄弁で、笑顔とユーモアを絶やさない。現役時代にはそれなりの地位にいた人だろう。

会長は一六一四年七月一四日、伊達正宗の遣欧使節・支倉常長ら一二名の一行がローマに向かう途中、ハバナに立ち寄ったと話す。最近四〇〇周年記念行事を行ったばかりだという。支倉常長のハバナ立ち寄りの話は感銘深かった。

一五〇人ほどの会員が元気よくソロ、デュエット、トリオ、合唱など次々に唄った。歌唱力は優れている。キューバ人はみな明るい。大声かつ朗らかで愛嬌がある。

最後は私たちを誘い、「インターナショナル」の大合唱となった。さすが革命世代である。一人残らず起立した。

カストロやゲバラと同世代の人もいたことだろう。力いっぱいの歌声だ。

私は感慨深く思った。

「この人たちは革命世代だ！」

「この老人たちがキューバ社会主義を支えている！」

私も久しぶりに「インターナショナル」を唄った。

ホテルへ戻る途中、支倉常長の像を見学した。等身大で、ちょんまげに刀を差していた。キューバで支倉常長の像を見るとは思いもよらなかった。

八話　カストロとゲバラに魅せられて

キューバ革命は西から始まった。キューバ革命発祥の地は西部のサンチャゴ・デ・クーバである。

ハバナが首都になる前、サンチャゴ・デ・クーバが首都だった。ハバナに次ぐ第二の都市である。

スペインのキューバ侵入と開拓も西から始まった。サンチャゴ・デ・クーバにはスペイン植民地時代の建築物や旧跡、要塞が多数ある。

▼革命の第一歩

カストロの蜂起の第一歩はサンチャゴ・デ・クーバから一三キロ離れた、グランピーク・シボネイ農場から始まった。

農場は森に囲まれた静かな環境のなかにある。かつては養鶏場だったという。小さな建物である。革命の戦士はここに集結し、モンガタ兵営襲撃に向かった。政権軍はただちに本農場を攻撃した。その時の弾痕痕が残っている。

いま農場の建物は博物館として保存され、カストロや後継者アベル・サンタマリアとその姉妹の写真、ベッドなどが展示されていた。

農場の一角に井戸がある。武器の隠し場所だったという。

▼モンカダ兵営博物館

モンカダ兵営はスペイン植民地時代の一八五四年に刑務所として建てられた。一九五二年、バチスタがクーデターで政権を握った頃、この兵営はキューバ西部の最も重要な兵営・基地であった。

一九五三年七月二六日、カストロら一二一人はモンカダ兵営でパーテーが開かれていた時間を狙って襲撃した。しかし敗北に終わった。戦闘や拷問で半数の六一名が殺された。カストロは捕えられたが、恩赦で釈放されメキシコに亡命した。

カストロは「七月二六日」を記念し、革命組織を「七月二六日運動」（M—二六—七）と名づけた。

淡茶色のモンカダ兵営博物館の壁も農場と同じく、無数の弾痕痕が残っている。正面にキューバ独立戦争の父、ホセ・マルティの肖像画が迎える。キューバにはホセ・マルティの像が方々にある。国民から敬愛されていることかよく分かる。

カストロ、ゲバラなどの革命幹部、殺害された戦士の写真・新聞・資料・武器・ユニホームなどが多数展示されていた。

▼サンタ・イフィヘニア墓地

大きな墓地だ。立派な墓石が多数、整然と並んでいる。一区画が大きいので混み入った感じはない。モンガタ兵営襲撃で亡くなった革命家たちの墓もある。

墓地の中央部にキューバ独立戦争の父、ホセ・マルティの墓がある。大きなドームを六本の柱で支えている。「六」はキューバの六州を意味するという。

ガイドに聞いてみた。

「ずいぶん立派な墓ばかりですが、一般の人たちの墓もあるのですか?」

「もちろんです。革命家やその家族、名のある人たちの墓もあります。多くは一般の人たちの墓です」

私は続けて聞いた。

「キューバの人たちは自分の墓を持っているのですか?」

「ないまま亡くなった人は先祖の墓に入ります。自分で持つこともできます」

宗教の違いがあっても、日本とあまり変わらないようだ。

ガイドはさらに言った。

「キューバでは亡くなると土葬し、二年ほどしてから遺骨を集めます」

火葬の習慣はないようだ。

▼セスペテス広場

広場はサンチャゴ・デ・クーバの旧市街の中心部にある。一五一五年、サンチャゴ・デ・クーバの町づくりが始まったとき造られたという。キリスト教国によくある教会前の四方形の広場だ。一角に町を創ったベラスケスの家があり、いま博物館になっていた。ベラスケスの博物館を背に、広場の左が教会、右が繁華街。正面がサンチャゴ・デ・クーバの旧市庁舎だった。正面玄関部分だけ三階で、左右は二階である。市庁舎は大きくない。しかしキューバ革命の歴史的・記念碑的建築物だ。

ガイドが誇り高く説明に入った。

キューバ革命の勝利の日は一九五九年一月一日である。この日ハバナにいたのはチェ・

ゲバラで、フィデル・カストロはサンチャゴ・デ・クーバにいた。

旧市庁舎の正面二階はバルコニーになっている。いまも当時のままだという。カストロはキューバ革命の勝利の宣言をこのバルコニーで行った。

話を聞いて私は俄然色めきたった。

▼サンタクララ・カピーロの丘

革命は西部から中部に向かう。

サンタクララはキューバ中部の重要な街だ。チェ・ゲバラゆかりの地である。キューバ人なら知らない人はいないという。キューバ革命の歴史に刻まれた英雄都市である。ぜひ見学したかった訪問地の一つだった。

カピーロの丘はサンタクララ郊外にある小高い山だ。頂上からサンタクララの市街を含め、三六〇度見渡すことができる。ガイドが説明を始めた。

チェ・ゲバラはキューバ革命の最終的勝利の指揮をここで執った。カピーロの丘の周辺にはバチスタ軍が展開していた。軍事的天才・ゲバラにとってお誂え向きの丘となった。

ゲバラはバチスタ軍を完全に眼下に捉えていた。

丘に記念碑と数十メートルのモニュメントがあった。

▼サンタクララの装甲列車襲撃現場

一九五八年一二月二九日、革命軍はバチスタ政権軍の装甲列車を襲撃し、大量の武器弾薬を奪取した。この戦いで敗北したバチスタは亡命を決意したという。カピーロの丘に司令部を置く革命軍の完全な勝利であった。

三日後の一九五九年一月一日、カストロはキューバ革命の勝利を宣言した。襲撃現場に装甲列車が保存されている。モニュメントも立っていた。

▼チェ・ゲバラ記念廟

廟はゲバラの死後二〇年を記念し、一九八九年に造られた。カメラ撮影と私語は禁止だった。廟内は暗く、照明だけである。厳かな空間と沈黙が支配していた。

ゲバラは一九六七年、ボリビアの山岳地帯で政府軍と闘い、殺害された。一九九七年に遺骨が発見され、カストロの手でこの廟に葬られたのである。廟にはボリビアの戦闘で亡くなった三八名の戦士の墓石も安置されていた。一人の日系人がいたことを知った。近くに博物館がある。子供の頃を含む多数の記念品や資料が展示、保存されていた。

隣は革命広場だ。広大な緑の大地のなかにある。広場に向って銃を手にしたゲバラ像を頂く巨大な塔が、閲兵するかのごとく睥睨していた。

先年亡くなったベネズエラ大統領・チャベスの大きなパネルも並んでいた。彼はカストロをこよなく尊敬していた。

西、中部から東――ハバナへ向かおう。

▼革命広場と革命博物館

ここはハバナ市内の革命広場だ。キューバ独立戦争の父・ホセ・マルティの一八メートルの像を正面に、フィデル・カストロがよく演説した登壇台がある。その背後に一〇九メートルの塔とホセ・マルティ記念革命博物館が聳えている。ホセ・マルティ像の向正面にチェ・ゲバラを描いた巨大なモニュメントがある。広場に一二〇万人集まったこともあるという。

博物館は一九五九年の革命まで大統領官邸だった。石造の堅固な建物だ。正面を通り抜けると、旧政権最後の大統領・バチスタやレーガン、ブッシュなどがコミック風に皮肉に描かれている。

革命に立ち上がったフィデル・カストロやチェ・ゲバラを含む革命幹部や、カストロの信頼した二人の女性などの写真・記事・解説が多数展示されていた。

カストロに異変が生じたとき、後継者とされたアベル・サンタマリアの血塗られた被服が吊るされている。拷問で虐殺された時の血だ。

キューバ革命を闘った組織はおもに四つだった。カストロの七月二六日運動、共産主義政党の人民社会党、国民党、ハバナ大学などの学生組織である。

博物館の一角に厳重に保管された「グランマ号」があった。「グランマ号」はメキシコから数日かけ、一二六人の革命戦士を乗せてサンチャゴ・デ・クーバに上陸した船だ。レジャー用のヨットのようだ。小さい。よく一二六人も乗ったものだ。

カストロは一九五三年の蜂起に失敗し、メキシコに亡命した。ガイドがグランマ号の説明を始めた。

「カストロが投宿した先は優しくて、親切なおばあちゃんの家でした」

私は質問した。

「そうすると『グランマ号』の由来は、その『おばあちゃん』からとったのですか?」

「いいところに気が付きましたね。まさにそのとおりです」

おばあちゃんはグランド・マザー＝グランマだ。

本項の終わりに述べておきたいことがある。キューバを旅して気が付いたことだ。カストロはキューバ国民に愛され、尊敬されている。しかしカストロ名の道路や像はなかった。

カストロは個人崇拝を許さなかったからである。これまでの社会主義国に見られないことだった。

〈追記①〉一九六一年以来、五四年ぶりに米・キューバ国交回復。双方が大使館設置。

〈追記②〉二〇一六年一一月、フィデル・カストロ死す。九〇歳。

九話　社会主義キューバの悩み？

▼ガイドの語るキューバの生活

ガイドの日本語はすばらしい。顔を見なければ日本人と思うだろう。外国人で、これほど流暢な日本語は聞いたことがない。

彼はキューバの事情や生活実態を語り始めた。
四つほど記しておきたい。
一つ。
◎紙幣は人民ペソと兌換ペソの二種類。一ペソ約一〇二円。一般商品は人民ペソで買う。しかし高級品や貴重品は兌換ペソでないと購入ができない。ガソリンは兌換ペソになる。
◎人民ペソと兌換ペソの交換比率は一対二四という。賃金は人民ペソで支払われ、平均は三〇〇ペソ程度らしい。円に換算すれば三万四〇〇〇円前後だ。
◎米、鶏肉、野菜、コーヒー、ミルク、ラム酒などは各人毎に配給される。ただし少量である。
◎野菜はかなり高い。食生活で野菜は不足している。
◎配給のラム酒は安いが、まずくて飲めない。旅行者が飲んでいるラム酒とはまるきり違う。
◎人民ペソでガソリンは買えない。一対二四で兌換ペソと交換し、買わなければならない。ガソリンは一般庶民にとって高嶺の花である。ガソリンや野菜をすきに買っていれば給料は飛んでしまう。
二つ。

ガイドは住宅をアパートと言った。キューバでは一般住民が権利を得た住宅のことをアパートと言う。

アパートに住む権利を獲得するのはかなり大変らしい。権利を付与するのは国家機関である。ガイドは五〇歳前後と思われる。しかし権利を得ていないという。権利を得るためにはまだ働かなければならないと言った。

アパートの権利を取得すれば、永住権が保障される。単に勤務年数を積み重ねればいい、というわけでもないようだ。一定水準の衣食住が補償されている社会主義国でも「住」の問題はかなり厳しいらしい。

日本も同じだ。否、日本はそれ以上だ。生活保護受給者を居住に至るまで管理してしまう貧困ビジネス、ネット・カフェを寝ぐらにするワーキング・プアや若者たち。二〇〇万円以下の非正規労働者の路上生活などなど。

自前の住宅があっても借金づけ、加えて新築の固定資産税は高い。そんなことを思い浮かべながらガイドの話を聞いていた。

三つ。

主食のパンは安い。事欠くことはない。さすが社会主義の国である。パンがなくて飢えることはない。この制度の良いところだ。

しかし野菜は深刻だと思った。吃驚した。野菜が不足しているのだ。ガイドは、ホテルの食事ではできるだけ野菜を食べることにしているという。家庭で十分とれないらしい。野菜の供給に限度があり、値段も高いのだ。

しかし「事」は栄養バランスの問題である。ビタミンや健康維持のためにも深刻と言わざるを得ない。発育途上の子供たちに障害が生じなければよいが、という思いがつのった。

キューバ滞在中、食事の野菜を見るたびにガイドの話を思いだすことになった。

野菜への関心があり、後日ハバナ郊外の農園を見学した。園主は日系二世で六〇代と思われる女性だった。

国から一三・五ヘクタールの農地を借り、〇・五ヘクタールで有機野菜を栽培しているという。農地の大半は穀物や砂糖きび等を作っていると思われる。有機栽培の畑を見学した。

〇・五ヘクタールは日本流に言えば、〇・五町歩＝五反である。全部有機栽培の畑だから結構広い。黒人、白人、混血など様々な人が働いている。畑はアフリカ系の作業員が案内してくれた。

畑に隣接した道路の脇でニンジンや各種の野菜を販売していた。有機で、新鮮だから人気がある。近くの婦人たちが品定めをしながら買っていた。

見学のあと、園主とガイドから話があった。それらは以下に要約できる。
◎土地はすべて国有で農業を行う場合、国から土地を借りる。借地できる最大面積は六五ヘクタール。
◎借地料はない。ただし収穫量の一定量を供出しなければならない。三〇％と言ったと思う。借地料はないが、現物納付分が事実上の借地料にあたるのではないだろうか。他は市場販売または自由処分できるということだろう。
◎農業経営は協同組合方式が多い。この農園も組合だ。
私は説明を聞きながらキューバの野菜生産に関してアレコレ考えていた。キューバは野菜が不足している。値段も安くない。農地がないのか。そんなことはない。サンチャゴ・デ・クーバからハバナまで自動車で二日かけて横断した。その間、丘陵地や緑の大地がずっと続いていた。畑地もあった。しかし未開墾地が多かったという印象だ。

社会主義、またはめざそうとする国は農業で必ずしも成功していない。野菜不足のキューバもそう見えてしまう。

不振の理由の一つに人々が農業に魅力や関心を示さないからかもしれない。主要な生産手段の農地は国家の所有である。農民は農業機械や用具を所有している。しかしブルジョアジーではない。カテゴリー的には半農村労働者、半プロレタリアートに分類される。

社会主義建設の重点政策に農業を位置づけ、農業従事者の保護と所得政策で動機づけされるなら、キューバ国民の農業に対する関心度も変わってくるのではないだろうか。野菜の不足は国民の健康上ゆゆしき問題である。

『資本論』第三部だったと思う。「営農的小農法」という叙述があったことを思い返していた。農園主とガイドの顔をみながら、キューバ農業に対する独断と偏見に満ちた、勝手な憶測を広げている私だった。

食事のあと園主の家族が紹介された。すでに四世もいる。東洋系の顔は二世まで。三世、四世の顔は完全に白人のそれだった。

四つ。

キューバは崩壊前の旧ソ連から相当な援助を受けていた。

ガイドは次のように語った。

「ソ連には感謝しています。砂糖は高く買ってもらいました。石油や天然ガスは安く売ってもらいました。ソ連には、そんな思いです」

冷戦時代、キューバはアメリカとその支配下にあった米州機構の経済封鎖・禁輸などで、ソ連の支援なしには存続しえなかったであろう。「ソ連には感謝」はキューバ人の共通の思いかもしれない。

ガイドは中国には対しクールだった。中国との経済関係は強く、中国製品がかなり入っている。しかし旧ソ連への「感謝」とは明らかに異なっていた。中国との経済関係に不満があるのかもしれない

私はガイドに二点質問することにした。

一点目

①人民ペソと兌換ペソの交換比率は一対二四という。自由に交換できる地位、またはステータスにある人たちは存在するのか。

②マフィアはあるのか。

③売春組織はあるのか。

①の質問をするかどうか迷った。キューバの統治・権力関係に触れる機微な問題だからだ。単的に言えばキューバに特権階級が存在するのか、という問いである。キューバ側からすれば嫌な質問だろう。私はそれを承知で思い切って質すことにした。特権階級は社会主義を名乗る国にしばしば見られた現象だった。

私はガイドの顔を見ていた。一瞬怯んだような、あるいは思いがけない質問を受けたという印象だった。私の問いに対して少し時間的なズレがあった。

彼はきわめて簡略に答えた。

「キューバ人は誰でも人民ペソと兌換ペソを交換できます」

それだけ言った。余分なことは一切言わなかった。そんなことは聞かなくても分かっている。特権階級がいるか、いないかの質問だ。ガイドは私の質問に答えていない。

続いてガイドは②と③に答えた。

「キューバ社会にマフィアは存在しません」

権力機関が監視と取り締まりを行っているからだろう。

「売春は密かに行っている場合があるかもしれません」

売春の存在を否定しなかった。

マフィアによる売春組織のコントロールはほとんど万国共通である。マフィアも密かに存在するのかもしれない。


二点目。

「旅行中キューバの青年たちに会ったり、話し合ったりする機会があまりありませんでした。キューバの青年はどうですか?」

「と、言いますと?」

「勉強とか、社会への関心や態度とかです」

「勉強はよくしている方だと思います。ただ冷戦時代の厳しさのようなものは薄らいでいるかもしれません」

私はあえて突っ込んで聞くことにした。私が知る限り、旧ソ連やロシア、あるいは中国でも青年問題は体制の将来にとってきわめて重要な問題になっている。

「キューバ社会の未来、単的に言えば社会主義を守っていくうえで青年を信頼していますか？」

ガイドはチラッと私を見返した。そして答えに躊躇した。

「……心配な面はありますね」

彼はこの点でも多くを語らなかった。

私はキューバの青年は体制を支持していますか、と続けようとしたがやめた。質問が露骨になりすぎてはいけないと思ったからだ。どこの国でも青年問題に苦慮しているようだ。別項で記したように、旧ソ連の通訳の青年は「ソ連でも革命が起こる」と大きな声を上げた。中国でも「青年は体制を支持していない」と語っていた。社会主義国家はどこでも青年に十分な信頼を置けないような状況にあるのではないだろうか、と思わざるを得なかった。

別の人が私の躊躇よりはるかに超える質問を飛ばした。

「意見の自由発表はできますか？」

「イヤ、自由と言うわけにはいきません」

「体制に対する批判はありますか？」

「話では聞いています」

「青年はどうですか？」

「批判があるということは聞いています」

ガイドは困ったような、苦しそうな顔をした。そして疲れてしまったと言ってやめてしまった。ガイドはよく言ったと思う。これ以上やったら「追及」になってしまう。

一〇話　楽しいキューバ

ラム酒と、自転車タクシーと、ヘミングウエィ

▼ラム酒はキューバが最高

サンクティスピリトクスはキューバ中部・内陸の一〇万都市である。旅程の中継点だ。ホテルは郊外の閑静な地にあった。

私は食事のあと、バーに行った。ラム酒のファンになったからだ。時刻も遅いせいか、客は一人もいない。

バーテンらしき男が英語で話しかけてきた。タイミングのいい掛け声だ。迷わずカウンターに座った。

「日本人ですか」

「そうです。日本人はよく来ますか？」

「ええ、ときどき来ます」

ニコニコしながら話しかけてきた。

「うまいラム酒を飲みたい。何かいいものがありますか？」

「もちろんです。キューバはラム酒の国です。カクテルもいいですよ」

「カクテル？」

「特別うまいのを作りますよ」

「あまり高いのでは困る」

「キューバは安いです。あなたには特別サービスします」

「それは嬉しい。やってくれ」

彼はバナナや、知らない果物を取り出して作り始めた。

少し間をおいてから訊ねてきた。

「東京はどうですか？」

「東京？　人間が多いだけで好きではない。ハバナのオピスポ通りの方が好きだ」

「アッハッハッハッハー」

バーテンは大声で笑った。日本に例えれば、オピスポ通りはキューバの銀座だ。

バーの外に設えたテラスは真っ暗だった。バーテンは気を利かせてライトを点けてくれた。カクテルグラスを持ってテラスに座った。ホテルのメイン棟の周囲の庭が暗闇をバックに幻想的な緑に浮かび上がっている。

「ファンタステック！」。

思わず声が出る。

バーテンが作った特製のラム・カクテルを唇にあてる。甘い。さとうきびの国・キューバ人は甘いものが好きだ。口にして「なるほど」と思った。

カクテルは安かった。何と四ペソ＝四〇〇円だ。安いことはいいことだ。

ラム・カクテルをじっくり楽しみ、一戸建ての部屋に向かった。

▼世界遺産と自転車タクシー

世界遺産・カマグウェイもキューバの中部にある。

一五一四年、スペイン軍がこの地を建設した。絶滅させられた先住民が激しく抵抗。そのためマグウェイは現在の地になったという。

旧市街には多数の広場と古い教会があった。キューバは教会やその施設を大切に保存・保護している。カトリック信者が多い。

広場と広場を結ぶ狭い石畳の道路が縦横に走る。道を挟んでコロニアル・スタイルの建物が建ち並ぶ。植民地時代にタイムスリップしたようだ。

自転車タクシーは前が一輪、後ろが二輪。乗客は二人。運転手は前輪と後輪の間のサドルに座る。簡易の幌付き三輪車だ。ペディ・キャブの一種だろう。三人乗るのだから軽くはないはずだ。道は石畳だ。坂道もあり、ペダルを踏むのは大変な力を必要とするよう。

私の乗った運転手は筋骨隆々、一〇〇キロ以上あると思われるアフリカ系の混血青年だった。勢いよくペダルを漕ぎ出した。馴れも、力もあるのだろう、軽快に走る。建物はせいぜい二階だ。高くはない。ずいぶん古くからあるのだろう。世界遺産の歴史的建築物が広場や教会を基点に旧市街を埋め尽くす。白、茶、青など多彩だ。

一日かけて歩くことができたら高揚感はさらに高まったことだろう。

▼キューバを愛したヘミングウェイ

ハバナの旧市街に一・五キロほどのオスピポ通りがある。通りの入口の公園に一九世紀のキューバ建国の父・カルロス・マニエル・セスペデスの白い石像が立っていた。オスピポ通りは道幅一五メートルくらいだ。日本で言えば銀座。両側には歴史的建造物が建ち並ぶ。道も石畳だ。

通りの中ほどに有名なホテルがある。アーネスト・ヘミングウエイの常宿のホテルだったからだ。大きな部屋ではない。居室、ベッドルーム、バスルームだけである。ヘミングウエイは膝が悪く、座ることができなかった。執筆は立ってタイプを打ったという。タイプライター、本、茶器などが置いてあった。

ヘミングウエイ博物館はハバナ郊外にある。かなり大きな邸だ。部屋数は一〇以上あるだろう。いまも当時のままである。

机、タイプライター、九〇〇〇冊の本、ベッドルーム、茶室など日常生活が分かるようになっている。カストロと撮った写真もあった。カストロはヘミングウェイを尊敬していた。

庭には愛艇「ヒラール号」が安置されていた。この船でカリブ海に何度も出かけたことだろう。

ヘミングウェイは『誰がために鐘は鳴る』の印税で「フィンカ・ビヒア邸」と称した、この建物を買った。一万八千ドルだったという。その頃の金額とはいえ、ずいぶん安く手に入れたものだ。ヘミングウェイはこの家をこよなく愛し、一九四〇年から一九六〇年まで住むことになった。『老人と海』などの名作もここで書いた。

ヘミングウエイ博物館からほど近い海岸に、『老人の海』のゆかりの地があった。ヘミングウェイの胸像もある。三メートルほどだ。そこから約一〇〇メートル先に四〜五〇メートルの桟橋があった。この桟橋に『老人の船』の小さな船が係留していたのだ。私は嬉々としてそこへ走った。

『老人と海』は三回読んでいる。大好きな本だ。映画も見た。桟橋を歩いたり、その下を覗き込んだり、カリブの海を眺望したりしていると、『老人と海』の主人公になったような錯覚に陥った。

桟橋に若いカップルがいた。熱烈なキッスをしていた。

一一話　ミャンマーのすごい人

「すごい人」の概念に尊敬の意味も含まれているかもしれない。しかし度合いは人によって違うだろう。存命中と死後で異なる場合がある。ある時期、評価が逆転する場合もある。だから尊敬という言葉はあまり使わないようにしている。

私は精神的、肉体的、能力的に人並み優れた人物を「すごい人」と呼ぶことにしている。学問的意味も入る。ここでは「すごい人」にミャンマーのアウンサンスーチーをあげたい。

ミャンマーは一九六二年以来、軍事独裁政権が続いていた。

アウンサンスーチーは一九八八年イギリスから帰国後、ＮＬＤ（国民民主連盟）を結成して書記長に就任し、ミャンマー民主化闘争の先陣を切った。一九九一年の選挙では独裁政権と闘い、大勝に導いた。しかし独裁政権はＮＬＤへの民政転換を拒否したのである。アウンサンスーチーは選挙後、逮捕・監禁または長期の軟禁など、行動の自由を奪われてしまった。

ミャンマーの人々は軍政の迫害・弾圧に屈することなく、その後もアウンサンスーチーを中心にねばり強く闘い続けた。民意は完全に軍事政権を見限っていった。国際的批判も高まる一方だった。軍事政権は内外でまったく孤立することになった。

こうした情勢のなかで行われたのが二〇一五年秋の選挙だった。アウンサンスーチーはＮＬＤを率いて圧勝した。軍事政権は選挙結果を認めざるを得なかったのである。

だが軍事政権下のミャンマー憲法は非民主的で制限的だった。議席の四分の一は自動的に軍部に配分された。外国籍の親族を持つ議員は大統領になることができなかった。

アウンサンスーチーの二人の子息はイギリス籍である。だから大統領になることができないのだ。憲法上、副大統領・国防相・内務相・国境相は軍部が握る。非常時には軍最高司令官が全権を掌握することになっている。

アウンサンスーチーは側近を大統領に就任させ、自らは外相など四閣僚を兼務した。新政権発足後、軍部の反対を押し切り、「国家顧問」を新設した。大統領を指揮する地位に着いたと言われる。軍部との緊張関係が早くも始まった。ＮＬＤと軍部の力関係は予想し難いものがある。

アウンサンスーチーは一九四五年生まれである。ビルマ（＝ミャンマー）独立の父・アウンサン将軍（一九四七年暗殺）の娘で、頭抜けた毛並みの持ち主だ。髪に花を結わえたスレンダー美人である。たちまち国民的人気の頂点に立った。外遊することはあっても軍部のいかなる攻撃にも屈することなくミャンマーに留まった。

一九九一年、国際社会はノーベル平和賞を与えた。女性でアウンサンスーチーほどの名声を得ている人はほとんどいないだろう。私は躊躇いなく「すごい人」にあげる。

彼女は圧力に屈しない政治的党派性を堅持している。人々に依拠し、集会・デモの先頭に立つ。ぶれない姿勢と謙虚さが滲み出ている。ここに人々から支持されるファクターがあるのではないだろうか。

「すごい人」・アウンサンスーチーとＮＬＤ、ミャンマーの前途に民主的勝利あれ、と心底願うものである。

〈追記〉ミャンマーには多数の少数民族がいる。アウンサンスーチー政権はイスラム教徒を含む、いくつかの少数民族と緊張関係にあることも指摘しておきたい。

あとがき

本書は二〇一六年中に書き留めたものから選んだ。政治的・思想的に革新系であることを明確にし、論ずるよう心がけた。

出版の動機は昨今の政治動向に対する危機感からである。日本は安倍政権の登場で大きく右旋回した。それは歴史認識問題や原発推進政策等に現れている。

二〇二六年は「昭和一〇〇年」である。残り八年だ。戦争放棄の憲法九条を巡る闘いになる。日本の針路を決める期間となろう。革新派、民主派の決意が求められる。

右派団体「日本会議」に着目している。一九九七年、右翼の「日本を守る会」と「日本を守る国民会議」を中心に結成された。右派の宗教人・学者・言論人・経済人などを網羅している。「日本会議」の目的は現行憲法と戦後民主主義を否定し、明治憲法体制を理想とする。

「日本会議」のもとに、自民党議員は「日本会議国会議員懇談会」を組織している。二六〇名にのぼる。安部内閣の閣僚の大半が会員である。

安倍首相が口にする「美しい国」は「日本会議」の掲げるスローガンだ。「日本会議」と安倍自民党は一体化している。本年になり、森友学園と安倍首相夫妻との関係が明らかになり、騒然としている。森友学園の理事長は、「日本会議」の有力なメンバーである。

自民党政権を「昭和一〇〇年」まで許すなら、戦争と侵略の道に突き進んだ昭和初頭に逆戻りさせることになる。逆コース路線だ。絶対に阻まなければならない。

私は視力が衰えた。本書を書くのが最後の機会になるかもしれない、という思いで執筆した。そのため強い表現もあった。遺言的な認識もあったからである。

題にとった「野老」とは聞き慣れない言葉だが、田舎の老人、つまりは私のような者のことをいう。だが、ただ身を縮こめて日を過ごすのではなく、志は千里の先へと延ばして最後まで生き抜きたいと、思いをこめた。

本書の出版にあたり、本の泉社のスタッフのみなさんに大変お世話になった。心より感謝申し上げたい。

【参考文献】

マルクス『資本論第一部』、同第二部、同第三部（新日本出版社）
マルクス、エンゲルス『ドイツ・イデオロギー』（岩波文庫）
『マルクス・エンゲルス全集』（大月書店）
大内兵衛『マルクス・エンゲルス小伝』（岩波新書）
アダム・スミス『国富論』（中公文庫）
不破哲三『資本論全三部を読む』（新日本出版社）
ケインズ『雇用・利子および貨幣の一般理論』（東洋経済新報社）
北山宏明『小泉八雲と焼津』（星光社）
牧子嘉丸『海の挽歌』（彼方社）
『地球の歩き方　キューバ&カリブの島々』（ダイヤモンド社）
『地球の歩き方　メキシコ』（同）
『地球の歩き方　ペルー』（同）
『地球の歩き方　ポーランド』（同）
『富士国際旅行社資料　ポーランド編』
『援護五〇年史』（厚生省援護局、一九九七年）
『日本人捕虜六四万人の軌跡』（月刊『Ａｓａｈｉ』一九九一 vol.3、No.8）
『歩兵二四七連隊略歴』（厚生省）
『歩兵二四七連隊概史』（平成七年、琿春二五会）
「歩兵二四七連隊資料《請求番号　満洲―終戦時の日ソ戦―〇五一五》」（防衛庁防衛研修所）

「歩兵二四七連隊資料《請求番号　満洲―終戦時の日ソ戦―〇五一八》」（防衛庁防衛研修所）
「捕虜の待遇に関する条約（仮譯）―一九二九年七月二七日ジュネーブ条約」
「捕虜の待遇に関する条約―一九四九年八月一二日ジュネーブ条約」
ソ連における日本人捕虜の生活体験を記録する会『捕虜体験記全八巻』（一九八六年〜一九九二年）
栗原俊雄『シベリア抑留―未完の悲劇』（岩波新書）
斎藤六郎『回想のシベリア　全抑協会長の手記』（全国抑留者補償協議会）
斎藤六郎『続回想のシベリア』（全国抑留者補償協議会）
坂本龍彦『シベリアの生と死―歴史の中の抑留者』（岩波書店）
小和田光『満州シベリア二千日―シベリア抑留記』（新人物往来社）
膳哲之助『埋葬班長』（飛天文庫）
不破哲三『スターリンと大国主義』（新日本出版社）
柳田謙十郎『スターリン主義研究』（日中出版）
高杉一郎『スターリン体験』（岩波書店）
森村誠一『悪魔の飽食』（光文社）
「鎮魂シベリア　抑留死亡者四万人名簿」（『月刊Ａｓａｈｉ』一九九一年vol.３、No.８）
『香月泰男　シベリア画文集』（新装版、中国新聞社）

油井 喜夫（ゆい よしお）
六歳のとき中国遼寧省・瀋陽より引揚げ。静岡県立藤枝東高校、慶應義塾大学（通信教育部）卒。静岡県職員、司法書士など。労働組合運動、青年運動などにかかわる。著書に『シベリアに消えた第二国民兵』（同時代社）、『敗戦五〇年――ある夫婦の軌跡』（同）、『汚名』（毎日新聞社）、『虚構』（社会評論社）、『実相』（七つ森書館）『総括』（同）『あなたへのレクイエム』（文芸社）、『ルポ　三つの死亡日を持つ陸軍兵士』（本の泉社）など。

野老《やろう》であるが 志《し》は千里《せんり》

二〇一七年三月三〇日　第一刷発行

著　者　油井喜夫
発行者　比留川洋
発行所　本の泉社
〒113-0033 東京都文京区本郷二-二五-六
Tel 03(5800)8494
FAX 03(5800)5353

印刷／製本　音羽印刷(株)

ISBN978-4-7807-1610-8 Printed in Japan